袁小修

小品文論集

李李 著

序

　　「小品」一詞，原出大乘佛教十卷本《小品般若》，乃與二十七卷本《大品般若》相對而稱，因篇幅簡短，故名。借用於文學範疇內，始見明‧萬曆三十九年（1611）王訥諫所評選之《蘇長公小品》，其後以「小品」為名者，各類蜂起；旨在突破傳統載道宗經、經世致用之創作觀，冀有別於廊廟弘議之高文大冊，特重抒發個人性靈、展現自我，怡人耳目、悅人性情，講求真率韻致、幅短而神遙。

　　「公安三袁」之么弟袁中道，字小修；由於其名易與長兄袁宗道混淆，故歷來習以其字相稱。今分就序引、尺牘、遊記、傳記、日記五大文類，探究袁中道之小品文，以見其文論見解、修辭章法與個性生活。

目次

序...i

壹、由序引、尺牘小品看袁小修之文論 1

一‧前言 1

二‧序引、尺牘中之文學理論 6

　　（一）瀹發性靈 7

　　（二）以意役法 11

　　（三）不廢格套 13

　　（四）尚韻求趣 15

　　（五）貴重蘊藉 17

　　（六）繪事後素 19

　　（七）博覽篤學 21

　　（八）窮則易工 22

三‧文論之實踐印證 26

四‧結語 28

貳、由尺牘小品看袁小修之生活與個性 31

一‧前言 31

二‧由尺牘小品看小修生活 34

　　（一）縱情酒色、耽溺山水 35

　　（二）斷慾療傷、見性參求 38

　　（三）科甲侘傺、困窮優蹇 41

三‧由尺牘小品看小修個性 46

　　（一）經世濟民、官隱守拙 46

　　（二）風趣幽默、狂狷坦直 48

　　　（三）安閒習靜、尚樂喜友 50

　四・結語 52

參、試探袁小修遊記小品的修辭章法 55

　一・前言 55

　二・文集與遊記 57

　三・遊記小品的修辭章法 59

　　　（一）喜用「譬喻」修辭 61

　　　（二）大量使用「比擬」、「轉品」、「借代」、「誇飾」、「摹寫」等
　　　　　　技法 72

　　　（三）慣用短句、「疊字」、「疊句」，且穿插「排比」、「對偶」句
　　　　　　式 76

　　　（四）時採「引用」、「設問」、「婉曲」等章法 78

　　　（五）妙藉「對比」、「層遞」等法以行文 79

　四・結語 80

肆、袁小修傳記小品探析 83

　一・前言 83

　二・取材範疇 85

　　　（一）尊長晚輩 85

　　　（二）良師益友 86

　　　（三）豪士賢者 87

　三・底蘊內涵 87

　　　（一）敬仰典範 87

　　　（二）人生態度 88

　　　（三）釋道思想 90

　　　（四）政治理念 92

　　　（五）文學主張 93

　　　（六）現實景況 94

四‧藝術技法 98

　（一）精擇片段，神韻畢現 98

　（二）描摹勾勒，詳略得宜 100

　（三）對話獨白，鮮活靈動 101

　（四）對比映襯，彰顯特色 102

　（五）排比鋪陳，反語成文 103

五‧結語 105

伍、袁小修《遊居杮錄》論要 107

一‧前言 107

二‧身家背景 108

　（一）家世鄉里 108

　（二）兄長師友 110

　（三）社會狀況 113

　（四）文學風潮 114

三‧題材內容 115

　（一）遊勝妙處 115

　（二）仕隱掙扎 117

　（三）友于情篤 119

　（四）性格特色 121

　　　1‧逞才任率 121

　　　2‧喜友好客 122

　　　3‧熱腸慈惠 123

　　　4‧幽默圓融 125

　（五）癖好嗜欲 127

　　　1‧耽酒縱欲 127

　　　2‧遊山玩水 129

　　　3‧酷愛舟居 130

4‧賞鑑書畫 131

（六）雅致逸趣 133

（七）風俗民情 135

（八）異人殊事 138

（九）評文論學 140

（十）議政考引 143

四‧形式風格 145

（一）信手拈來，情真意切 145

（二）不費剪裁，直露顯豁 146

（三）妙用譬喻，屢見疊字 148

（四）巧現匠心，畫龍點睛 149

五‧結語 151

【附錄一】袁小修簡譜 153

【附錄二】海峽兩岸針對袁小修研究之相關文獻 165

壹、由序引、尺牘小品看袁小修之文論

【摘要】「序引」、「尺牘」兩文類，是袁中道（小修）小品中，最佳之文論載體，經探索研究後，共得：「濬發性靈」、「以意役法」、「不廢格套」、「尚韻求趣」、「貴重蘊藉」、「繪事後素」、「博覽篤學」、「窮則易工」等八項；其於本身創作中，文論主張均得到實踐印證，並欲藉茲以躋「立言」之不朽境界。

【關鍵詞】袁中道（袁小修）、文論、序引、尺牘

一·前言

由於以李夢陽、何景明為首之「前七子」，倡言「文必秦漢、詩必盛唐」[1]；繼之以王世貞、李攀龍為首之「後七子」續承此說，主張「大曆（唐代宗年號）以後書勿讀」[2]；「天下推李、何、王、李為四大家，

---

[1]　（清）張廷玉等奉敕修：《明史》卷二百八十六·〈列傳〉一百七十四·「文苑二」·〈李夢陽傳〉：「夢陽才思雄驚，卓然以復古自命。弘治時，宰相李東陽主文柄，雄驚翕然宗之，夢陽獨譏其萎弱，倡言：『文必秦漢、詩必盛唐』非是者，弗道。……迨嘉靖朝，李攀龍、王世貞出，復奉以為宗。天下推李、何、王、李為四大家，無不爭效其體。華州王惟禎以為七言律自杜甫以後，善用頓挫倒插之法，惟夢陽一人；而後有譏夢陽詩文者，則謂其模擬剽竊，得史遷、少陵之似，而失其真云」（《原文電子版·文淵閣四庫全書》·「史部·正史類」，武漢：武漢大學出版社，1997年），葉十五-十六。

[2]　同前注，〈列傳〉一百七十五·「文苑三」·〈王世貞傳〉：「世貞始與李攀龍狎主文

無不爭效其體」³，晚明文壇遂充斥著貴古賤今、復古擬古的論調⁴，更漸淪於「模擬剽竊」「而失其真」⁵。其間雖有歸有光等「唐宋派」作家起而抗爭⁶，然不足以矯其流弊。直至湖廣公安（今屬湖北）袁氏三兄弟——袁宗道、袁宏道、袁中道，因受心學、禪佛及李贄「童心說」、「詩何必古選，文何必先秦」⁷等觀點啟發，強調真實自我、追求任情適性，乃針對字摹句擬、食古不化的文風大肆抨擊，極力扭轉「剽竊成風」⁸、「萬口一響」⁹之陋習，建立了標舉性靈、強調真我的「公安派」。

盟，攀龍歿，獨操柄二十年。才最高、地望最顯，聲華意氣籠蓋海內。一時士大夫及山人詞客，衲子羽流，莫不奔走門下；片言褒賞，聲價驟起。其持論：『文必西漢、詩必盛唐，大曆以後書勿讀』；而藻飾太甚。晚年，攻者漸起，世貞顧漸造平淡。病亟時，劉鳳往視，見其手蘇子瞻集諷玩不置也」，葉二十三。

3　同注 1。

4　如（明）李開先：《李中麓閒居集》「文之十・傳十」・〈崑崙張詩人傳〉云：「物不古不靈，人不古不名，文不古不行，詩不古不成」（見於四庫全書存目叢書編纂委員會編：《四庫全書存目叢書》集部第 93 冊——臺南：莊嚴文化事業有限公司，民國 86 年），頁 123。

5　同注 1。

6　如（明）唐順之：《荊川先生文集》卷七〈答茅鹿門知縣・二〉主張「直據胸臆，信手寫出，如寫家書，雖或疏鹵，然絕無烟火酸餡習氣，便是宇宙間一樣絕好文字」，已啟公安文論之嚆矢（《四部叢刊初編》第 334 冊，據上海商務印書館縮印明刊本——臺北市：商務印書館，民國 56 年，臺 2 版），頁 126。

7　（明）李贄：《焚書》卷三・〈童心說〉：「夫童心者，真心也，若以童心為可，是以真心為不可也。夫童心者，絕假純真，最初一念之本心也；若失卻童心，便失卻真心；失卻真心，便失卻真人。人而非真，全不復有初矣。童子者，人之初也；童心者，心之初也。……然則雖有天下之至文，其湮滅于假人而不盡見于後世者，又豈少哉！何也？天下之至文，未有不出于童心焉者也。苟童心常存，則道理不行，聞見不立，無時不文，無人不文，無一樣創制體格文字而非文者。詩何必古選，文何必先秦。降而為六朝，變而為近體；又變而為傳奇，變而為院本，為雜劇，為《西廂曲》，為《水滸傳》，為今之舉子業，皆古今至文，不可得而時勢先後論也」（臺北：河洛圖書出版社，民國 63 年臺景印初版），頁 97-98。

8　（明）賀復徵編：《文章辨體彙選》卷二百四十八：「今日獻吉（李夢陽之字）、于鱗（李攀龍之字）、元美（王世貞之字）剽竊成風之謂也」（《原文電子版・文

　　長兄袁宗道（字伯修，西元 1560－1600 年）首先於〈論文‧上〉揭櫫：「達不達，文不文之辨也。……夫時有古今，語言亦有古今，今人所詫謂奇字奧句，安知非古之街談巷語耶？……空同（李夢陽）不知，篇篇模擬，亦謂反正（返歸正道）。後之文人，遂視為定例，尊若令甲，凡有一語不肖古者，即大怒，罵為野路惡道。……古文貴達，學達即所謂學古也。學其意，不必泥其字句也。」[10]〈論文‧下〉則指出：「文章亦然，有一派學問，則釀出一種意見；有一種意見，則創出一般言語。無意見則虛浮，虛浮則雷同矣。……然其（指李攀龍、王世貞等人）病源則不在模擬，而在無識。若使胸中的有所見，苞塞於中，將墨不暇研，筆不暇揮，兔起鶻落，猶恐或逸，況有閒力暇晷，引用古人詞句耶？故學者誠能從學生理，從理生文，雖驅之使模，不可得矣！」[11]袁宗道強調文重學識、文尚辭達，反對一味模擬肖古，故誠如錢謙益所稱：「伯修在詞垣，當王李詞章盛行之日，獨與同館黃昭素（輝），厭薄俗學，力排假借盜竊之失。……其才或不逮二仲，而公安一派實自伯修發之。」[12]

淵閣四庫全書》‧「集部‧總集類」），葉三。

9　（明）袁宏道：《袁中郎全集‧袁中郎文鈔》──「序文」〈敘姜陸二公同適稿〉（台北：世界書局，民國79年），頁7。

10　（明）袁宗道著、錢伯城標點：《白蘇齋類集》（上海：上海古籍出版社，1989年），卷之二十「雜說類」，頁284。

11　同前注，頁285-286。

12　（清）錢謙益撰、（清）錢陸燦編：《列朝詩集小傳‧丁集‧中》〈袁庶子宗道〉（見周駿富輯《明代傳記叢刊》第11冊，台北：明文書局，民國80年），頁011-606。另見，（清）陳田輯撰：《明詩紀事》庚籤卷五：「（伯修）翻王李窠臼，中郎、小修從而煽之，遂令天下靡然從風」（上海：上海古籍出版社，1993年），第四冊──頁2301。（清）朱彝尊著、姚祖恩編、黃君坦校點《靜志居詩話》卷十六：「自袁伯修出，服習香山（白居易）、眉山（蘇軾）之結撰，首以白、蘇名齋，既導其源，中郎、小修繼之，益揚其波，由是公安流派盛行」（北京：人民文學出版社，1998年），下冊──頁465。

　　明中葉以後，商品經濟繁榮，文化氣氛求新求變，使得散文之發展趨向，也不再適合剿襲摹古，袁宏道（字中郎，1568－1610），因「得廣長舌，縱橫無礙，偶然執筆，如水東注。……山情水性，花容石貌，微言玄旨，嬉語謔辭，口能如心，筆能如口」[13]，遂挾其過人之才學、膽識、趣韻，認定「古之不能為今者也，勢也。……世道既變，文亦因之，今之不必摹古者也，亦勢也」[14]、「信心而出，信口而談。世人喜唐，僕則曰唐無詩；世人喜秦漢，僕則曰秦漢無文；世人卑宋黜元，僕則曰詩文在宋元諸大家」[15]。中郎在給妻舅李學元的信中寫道：「掃時詩之陋習，為末季之先驅；辨歐韓之極冤，搗鈍賊之巢穴，自我而前，未見有先發者，亦弟得意事也」[16]。由於「世人蔽錮已久」[17]，故號召同道展開文學革新「併力喚醒」[18]，在江盈科、陶望齡、雷思霈、曾可前、丘坦等人桴鼓相應下，終使相對於高文大冊之小品文站上文壇中心，以張揚個性、直抒胸臆的作品，取代了載道述理的文學傳統。

　　季弟袁中道（字小修，1570－1626），深受伯修器重，視作「愚兄弟中白眉也，阿兄頗心遜而私賞之」[19]；而中郎亦云「弟少也慧」[20]，「既

---

[13]　（明）袁中道著、錢伯城點校：《珂雪齋集》（上海：上海古籍出版社，1989 年），卷之九〈解脫集序〉，頁 451。《珂雪齋集》共分上、中、下三冊；以萬曆 46 年（1618）24 卷《珂雪齋前集》為底本，再彙合 10 卷《珂雪齋近集》、24 卷《珂雪齋集選》及 13 卷《珂雪齋外集遊居柿錄》而成。篇內袁中道之引文，俱出此書，僅句讀時或更易。

[14]　《袁中郎全集‧袁中郎尺牘》〈江進之〉，頁 37。

[15]　《袁中郎全集‧袁中郎尺牘》〈張幼于〉，頁 34。

[16]　《袁中郎全集‧袁中郎尺牘》〈答李元善即子髯〉，頁 44。

[17]　《袁中郎全集‧袁中郎尺牘》〈與江進之廷尉〉，頁 44。

[18]　同前注。

[19]　《白蘇齋類集》卷之十五「箋牘類」〈又答梅開府先生〉，頁 201；又如卷之十六「箋牘類」‧〈答陶石簣〉云：「讀令弟（陶奭齡）妙什，便可想見第五風神；弟雖不敢望石簣（陶望齡），然令弟則酷類我家小修」，頁 233-234。

長，膽量愈廓，識見愈朗」[21]，並於萬曆二十四年（1596）吳縣縣令任上替小修刊刻詩集，寫了〈敘小修詩〉，奠定公安派之文論主軸──「獨抒性靈，不拘格套」[22]。

在文學之路上袁小修追隨兄長腳步邁進，更在伯修、中郎相繼過世後，擔負起承繼發揚「公安派」的重責。然而，文學革命之初，為補偏救弊、振聾啟聵，不免刻意矯枉過正[23]；再者，中道已親眼目睹公安末流淺露輕率之弊，一如〈中郎先生全集序〉所云：「至于一二學語者流，粗知趨向，又取先生少時偶爾率易之語，效顰學步。其究為俚俗、為纖巧、為莽蕩，譬之百花開，而荊棘之花亦開；泉水流，而糞壤之水亦流。烏焉三寫，必至之弊耳，豈先生之本旨哉」[24]；更因悔已少作，「自十七八歲即知修詞，幾三十年矣，每取舊作視之，四五行後，若荊棘列楮墨間，置之惟恐不速」[25]；遂於詩文理論與創作實踐上，作出匡正及總結。

「公安三袁」以袁小修享年最長，著作最夥，然前期作品大半散佚[26]，今納入《珂雪齋集》者，俱屬中晚期之作[27]，而其文論多見於序引[28]、尺牘[29]小品之中。

---

[20] 《袁中郎全集·袁中郎文鈔》──「序文」〈敘小修詩〉，頁5。

[21] 同前注。

[22] 同注20。

[23] 《袁中郎全集·袁中郎尺牘》〈張幼于〉：「一個八寸三分帽子，人人戴得。以是言詩，安在而不詩哉？不肖惡之深，所以立言亦自有矯枉之過」，頁34。

[24] 《珂雪齋集》卷之十一〈中郎先生全集序〉，頁523。

[25] 語出萬曆戊午（46年）五月午日，袁中道書於新安郡校之臥雪齋中之〈珂雪齋前集自序〉（《珂雪齋集》──「前言」，頁19）。

[26] 《珂雪齋集》卷之二十四〈答蔡觀察元履〉：「病中檢少時詩文，先後幾四十餘卷，多有遺亡，不得已壽之于梓」，頁1044。

[27] 《珂雪齋集》卷之二十五〈答錢受之〉云：「弟前歲（萬曆四十二年，1614）一病幾殆，故取近作壽之于梓，名為《珂雪齋集》。蓋弟有齋名珂雪（潔白如玉似雪），取《觀經》（乃《佛說觀無量壽經》的簡稱）『觀如來白毫相如珂雪』意也。

二‧序引、尺牘中之文學理論

袁小修因「少喜遊，所之輒與其知名士往來，故交遊幾徧天下」[30]，且「生平以朋友為命，而尤以兄弟中之朋友為命」[31]，故《集》內頗多替至交契友、尊長先進之詩文篇籍所寫的「書序」、「詩序」、「文序」、稱觴祝嘏之「壽序」和贈人以言之「贈序」[32]。然而，從〈徐樂軒樵歌序〉稱美徐吉民：「居士隱於樵，故謝絕一切人間應酬。凡意之所不欲言而不得不言，與口之所不欲言而不得不言者，居士皆無有；故落筆即有煙雲之趣，依稀與陶元亮（潛）、王無功（績）相似」[33]的片段，實可覓得小修不喜作應酬文字之身影；其又曾云：「自新安（安徽、歙縣）多素封之家，而文藻亦附焉，黃金贄而白璧酬，以乞衰于世之文人。世之文人，徵其懿美不得，顧指染而穎且為屈，相與貌之曰：『某某能為義俠處士之行者也。』蓋予睹太函（汪道昆）、弇州（王世貞）諸集所臚列者，私心厭之。故自予操觚有類此者，輒謝絕，不忍以塵吾籍。今

近轉覺其冗濫，不欲流通，正思取一生詩文之精警者，合為一集」，頁1073。而〈珂雪齋前集自序〉云：「夫古之人豈易言哉！昔宋子京自謂五十後奉詔修《唐書》，細觀古人文字，迴看五十年前所作，幾塊汗欲死。予自十七八歲即知修詞，幾三十年矣，每取舊作視之，四五行後，若荊棘列楮墨間，置之惟恐不速。……兼之頻歲移徙，中間散佚已多，所存什五，荒野固陋，常欲付之祖龍一炬，而名根未忘，不忍棄擲；……文章之道，己憎人愛，己愛人憎。箕畢殊好，未能自定。故賕而梓之，亦不敢有去取也。」（《珂雪齋集》——「前言」，頁19-20）
28　《珂雪齋集》卷之九～卷之十一。
29　《珂雪齋集》卷之二十三～卷之二十五。
30　《珂雪齋集》卷之九〈送石洋王子下第歸省序〉，頁445。
31　《珂雪齋集》卷之十〈袁長房文序〉，頁481。
32　《珂雪齋集》卷之九至卷之十一，頁419-524。
33　《珂雪齋集》卷之十，頁468。

所論著具在，有稱『某為義俠處士者』耶」[34]，亦可見其愛惜羽毛，不輕易揄翰；是故，小修常藉序引小品談文論藝，不作浮泛客套語。

再者，歷代文士除以翰札與師友後學連絡情誼、交換生活經驗外，更喜運用此一相對自由的文類來品藻文章、發抒文評，因此許多尺牘被視為「文論」之重要資料，如：曹丕〈與吳質書〉、〈與王朗書〉，曹植〈與楊德祖書〉、〈與吳季重書〉，陸雲〈與兄平原書〉等俱屬之；袁小修的信函中，亦多見文學理論與批評。

茲就袁小修現存之序引、尺牘作品，以探究其文論，並分述於下：

（一）瀋發性靈

袁中郎〈敘小修詩〉[35]中，將「從自己胸臆流出」、「情與境會」之「本色獨造語」，視為性靈之作；而小修亦始終堅守「性靈」之論，強調「直攄其意之所欲言，蓋無心於雕龍繡虎之名」[36]，人真、情真，方得文真[37]。〈枝江大令趙鳳白初度序〉曰：「發篋而見其（趙鳳白）詩若文，皆瀋發於性靈，風水相遭，而成瀾漪者也。……為真文章、為真政事。予始心折意暢，而幸吾道之猶有人也。」[38]〈石頭上人詩序〉曰：「石頭（袁蘊璞）初作詩，步趨唐律；已晤中郎，始稍變其故習，任其意之

---

[34]《珂雪齋集》卷之十八〈新安吳長公墓表〉，頁772。
[35]《袁中郎全集‧袁中郎文鈔》——「序文」〈敘小修詩〉，頁5。
[36]《珂雪齋集》卷之十〈福井先生集序〉，頁475。
[37] 小修對「時文」亦持同樣看法，《珂雪齋集》卷之十〈成元岳文序〉曰：「時義雖云小技，要亦有抒自性靈，不由聞見者。古人云：『一一從自己胸臆中流出，自然蓋天蓋地。』真得文字三昧。……讀元岳兄諸製，無論為奇為平，皆出自胸臆，決不剿襲世人一語。一題中，每每自闢天地而造乾坤；予于此道，亦號深入，而不能不心折于元岳，則惟其真耳。……夫有真文章，自有真人品、真事功」，頁482-483。
[38]《珂雪齋集》卷之九，頁442-443。

所欲言，而不復兢兢盡守古法。世之譽者半，毀者大半，而石頭不屑也。
予聞而歎曰：『石頭真不朽人也！』天下之傳者，皆有意於傳者也；一
有意於傳，則避世譏彈之念重，而精光不出矣。……巖頭（唐僧全豁禪
師）云：『一一從自己胸臆中流出，蓋天蓋地』有旨哉！」[39]作詩為文若
能不顧世間評價習尚，竭力汲取古人風神，盡發個人胸臆，再加汰擇淘
選以抒發思想情懷，必可獨抒新意，具冷然之致，一如〈吳表海先生詩
序〉所云：

> 先兄中郎之詩若文，不取程於世匠，而獨抒新意。其實得唐人之
> 神，非另創也。然學之者，往往失之。蓋中郎別有靈源，故出之
> 無大無小，皆具冷然之致。……夫抒其意之所欲言，亦已至矣，
> 此非詘夫言有盡而意無窮者也。言有盡而意無窮，古人謂『水中
> 鹽味，色裏膠青』，決定是有不見其形者，即《三百篇》不多得
> 也，漢魏《十九首》庶幾近之。……才人致士，情有所必宣，景
> 有所必寫，倒囷而出之，若決可放溜，猶恨口窄腕遲，而不能盡
> 吾意也；而彳亍、而囁嚅，以效先人之顰步，而搏目前庸流之譽，
> 果何為者？……顧情境有所必達，亦有所必汰；如江發岷山，萬
> 派千流以赴峽，而峽山常束而堤之，使無旁溢。[40]

當中郎堅辭吳縣縣令、攜子暢遊杭州西湖後，寫成《解脫集》，小
修為之作〈序〉云：

---

[39] 《珂雪齋集》卷之十，頁 463。卷之十八〈吏部驗封司郎中中郎先生行狀〉亦曰：
「先生既見龍湖，始知一向掇拾陳言，株守陳見，死于古人語下，一段精光，不
得披露。至是浩浩焉如鴻毛之遇順風，巨魚之縱大壑。能為心師，不師于心；能
轉古人，不為古轉。發為語言，一一從胸襟流出，蓋天蓋地，如象截急流，雷開
蟄戶，浸浸乎其未有涯也」，頁 756。

[40] 《珂雪齋集》卷之十，頁 465-466。

彼文人雕刻剪鏤，寧不爛熳，豈知造物天然，色色皆新，春風吹
而百草生，陽和至而萬卉芳哉！夫文章之道，本無今昔，但精光
不磨，自可垂後。唐宋于今，代有宗匠。隆及弘嘉之間，有縉紳
先生（前後七子）倡言復古，用以救近代固陋繁蕪之習，未為不
可。而剿襲格套，遂成弊端。後有朝官，遞為標榜，不求意味，
惟傚字句，執議甚狹，立論多矜。後生寡識，互相效尤。……中
郎位卑名輕，人心不虛，未必能信。……耳貴目賤，今古一揆。今
篇籍俱在，試虛心讀之，非獨文苑之梯徑，儻亦人道之津梁焉。[41]

除盛讚二哥之作，「高者我不能言，其次我所欲言，格外之論我不敢言」，
「捧讀未竟，大叫欲舞」；猶藉機昌言「文章之道，本無今昔，但精光
不磨，自可垂後」，申明反對「剿襲格套」、「不求意味，惟傚字句，執
議甚狹，立論多矜」之弊，並張揚中郎「力矯敝習、大格頹風」之功。

　　小修為「最相知愛，而其好先兄中郎詩文也獨甚」[42]之王天根作文
序時，透過天根之口云：「公等（譏訶中郎詩者）草草一覽，見有一二
險易語，遂以為中郎病，而其實肖唐人之神骨者最多，遍讀而深入之自
見。」[43]抒自性靈，湧現神骨之作，實不容抉瑕掩瑜。另〈答王天根〉
曰：「讀《玉茗堂集》，沉著多於痛快，近調稍入元（稹）、白（居易），
亦其識高才大，直寫胸臆，不拘盛唐三尺，不覺其有類元、白，非學之
也。今人見詩家流便易讀者，即以為同于元、白；然則詩必詰曲聱（聲）
牙，至于不可讀，然後已耶？且元、白又何可易及也！……盛唐詩品如
荔枝，然荔枝之美，正以初摘時核上有少許新鮮肉耳。今學之者，殼似

41　《珂雪齋集》卷之九，頁 452。
42　《珂雪齋集》卷之十〈王天根文序〉，頁 479。
43　同前注，頁 480。

之矣，核似之矣，其殼內核上可口之肉卻未常有也，不若新棗遠矣；不肖俗人也，願啖棗而已。」[44]小修也從品讀湯顯祖文集出發，提及「識高才大，直寫胸臆」的重要，並採荔枝、新棗之妙喻，反對模擬復古。而〈阮集之詩序〉亦云：

> 國朝有功於風雅者，莫如歷下（李攀龍）。其意以氣格高華為主，力塞大曆後之實。於時，宋元近代之習為之一洗。及其後也，學之者浸成格套，以浮響虛聲相高；凡胸中所欲言者，皆鬱而不能言，而詩道病矣。先兄中郎矯之，其意以發抒性靈為主，始大暢其意所欲言，極其韻致，窮其變化，謝華啟秀，耳目為之一新。及其後也，學之者稍入俚易，境無所不收，情無所不寫，未免衝口而發，不復檢括，而詩道又將病矣。由此觀之，凡學之者，害之者也；變之者，功之者也。[45]

認為才高學博、本之慧心、出自深心以學中郎者，必可極韻窮變，「學其發抒性靈，而力塞後來俚易之習」。

（二）以意役法

小修〈中郎先生全集序〉，堪稱「公安派」重要之文學宣言。標榜「以意役法，不以法役意」，文學作品若能神骨精光畢現，則「純疵錯出，而皆各有所長」；強調「學以年變，筆隨歲老」，時代更迭，騷人墨客自當與時俱進[46]，後學若缺中郎之「才高膽大」、「逸趣仙才」，還一味模仿，反倒易陷形似失真、泥於格套之弊。〈序〉曰：

---

[44] 《珂雪齋集》卷之二十四，頁 1042。
[45] 《珂雪齋集》卷之十，頁 462。
[46] 《珂雪齋集》卷之十〈吳表海先生詩序〉中，小修明言：「天奪中郎，不予之下

先生詩文如《錦帆》、《解脫》，意在破人之執縛，故時有遊戲語；亦其才高膽大，無心於世之毀譽，聊以抒其意所欲言耳。……然先生立言，雖不逐世之顰笑，而逸趣仙才，自非世匠所及。即少年所作，或快爽之極，浮而不沉；情景大真，近而不遠；而出自靈竅，吐于慧舌，寫於銛穎，蕭蕭冷冷，皆足以蕩滌塵情，消除熱惱。況學以年變，筆隨歲老，故自《破硯》以後，無一字無來歷，無一語不生動，無一篇不警策，健若沒石之羽，秀若出水之花。其中有摩詰、有杜陵、有昌黎、有長吉、有元、白，而又自有中郎。意有所喜，筆與之會。合眾樂以成元音，控八河而無異味，真天授，非人力也。……嗟乎！自宋元以來，詩文蕪爛，鄙俚雜沓。本朝諸君子（前後七子），出而矯之，文準秦漢，詩則盛唐，人始知有古法。及其後也，剽竊雷同，如贋鼎偽觚，徒取形似，無關神骨。先生出而振之，甫乃以意役法，不以法役意，一洗應酬格套之習，而詩文之精光始出。……至于今，天下之慧人才士，始知心靈無涯，搜之愈出；相與各呈其奇，而互窮其變，然後人人有一段真面目溢露於楮墨之間。即方圓黑白相反，純疵錯出，而皆各有所長，以垂之不朽，則先生之功於斯為大矣。[47]

而〈花雪賦引〉云：

天下無百年不變之文章。有作始，自有末流；有末流，還有作始。其變也，皆若有氣行乎其間。創為變者，與受變者，皆不及知。是故性情之發，無所不吐，其勢必互異而趨俚。趨於俚，又將變

壽，使之登峰造極」，頁466。
[47] 《珂雪齋集》卷之十一，頁521-522。

矣。作者始不得不以法律救性情之窮，法律之持，無所不束，其
勢必互同而趨浮；趨於浮，又將變矣。作者始不得不以性情救法
律之窮。夫昔之繁蕪，有持法律者救之；今之剽竊，又將有主性
情者救之矣，此必變之勢也。變之必自楚人始。……夫楚人者，
才情未必勝於吳越，而膽勝之。當其變也，相沿已久，而忽自我
鼎革，非世間毀譽是非所不能震撼者，烏能勝之。……其中孕靈
育秀，宜有慧人生焉。其人皆能不守故常，而獨出新機者，有首
為變者，出則不憚世之毀譽是非，而褰裳從之矣。……守其必不
可變者，而變其可變者。毋捨法，毋役法為奇。[48]

　　〈珂雪齋前集自序〉云：「古之人，意至而法即至焉。吾先有成法
據於胸中，勢必不能盡達吾意，達吾意而或不能盡合於古之法。……抒
吾意所欲言，即未敢盡遠於法，第欲以意役法，不以法役意。故合於古
法者存，不合於古法者亦存。總之，意中勃鬱，不可復茹，其勢不得不
吐，姑倒囷出之以自快，而不暇擇焉耳。」[49]但為詩作文若僅側重達意
暢言、不加篩擇，往往會淪於俚猥迂拙，此乃公安末流遭人訾詬之處。
有鑑於斯，小修稟楚人既有之膽識，不計毀譽「自我鼎革」，由「不守
故常」、「獨出新機」，繼而要求「毋捨法，毋役法為奇」。

（三）不廢格套

　　由於文學情勢迥異於昔，加上「心隨境變」[50]，「回閱少作，幾欲覆
瓿」[51]，袁中道不憚更改早先之見解，以導正公安門人創作之弊[52]。比

---

[48]　《珂雪齋集》卷之十，頁 459-460。
[49]　《珂雪齋集》──「前言」，頁 19。
[50]　《珂雪齋集》卷之十〈苦海序〉，頁 473。
[51]　《珂雪齋集》卷之二十四〈答王勁之〉，頁 1034。

方，從「不拘格套」力求掙脫束縛[53]，轉而主張寫作不該廢棄格套，「於矩繩內神情奕奕生動，何嘗不兼野逸之趣」[54]；希望師法唐詩宋文之精粹，「以離而合為妙」[55]，並對情景書寫加以刪汰錘鍊，不再率肆胸臆；甚而贊同「粲花繡虎，法控才而出之」[56]、「不伸才而屈法，故常以法勝，而亦未常不見才」[57]。〈蔡不瑕詩序〉即指出：

> 僕束髮即知學詩，即不喜為近代七子詩；然破膽驚魂之句，自謂不少，而固陋朴鄙處，未免遠離於法。近年始細讀盛唐人詩，間有一二語合者。昔吾先兄中郎，其詩得唐人之神，新奇似中唐，溪刻處似晚唐，而盛唐之渾含尚未也。自嵩、華（山）歸來，始云：「吾近日稍知作詩」。天假以年，蓋浸浸乎未有涯也。今人好中郎之詩者忘其疵，而疵中郎之詩者擠其美，皆過矣。近姪子祈年（小修之長子、過繼給伯修）、彭年（中郎之長子），亦知學詩。予嘗謂之曰：「若輩當熟讀漢魏及三唐人詩，然後下筆。切莫率自矜臆，便謂不阡不陌，可以名世也。」夫情無所不寫，而亦有

---

[52] 此一修正，實自袁中郎肇端；同注13，卷之十九，小修〈告中郎兄文〉云：「論詩文，則常云：我（中郎）近日始稍進，覺往時大披露，少蘊藉。此則弟獨知之，而兄所為日新而不已者也」，頁796。

[53] 中郎原主張「至於詩文，……以名家為鈍賊，以格式為涕唾，師心橫口，自謂於世一大庚而已」——《袁中郎全集·中郎尺牘》〈袁無涯〉，頁77。

[54] 《珂雪齋集》卷之二十一〈書黃荃花鳥冊〉，頁891。

[55] 《珂雪齋集》卷之九〈四牡歌序〉：「學古詩者，以離而合為妙。李杜、元白，各有其神，非慧眼不能見，非慧心不能寫；直以膚色皮毛而已，以之悅俗眼可也。近世學古人詩，離而能合者幾人耳，而世反以不似古及唐為恨。……故曰：『恆似是形，時似是神。』世眼以貌求，宜嗤其不似古也」，頁452-453。

[56] 《珂雪齋集》卷之十一〈賀畢封公偕元配孫孺人八秩序〉，頁511。

[57] 《珂雪齋集》卷之二十一〈書胡從朴遺事〉，頁915。卷之十〈鄖水素言序〉曰：「有是哉！少時才氣太盛，而過其的，容有之。予近與（周）季清文益斂，（劉）大彼之文豐約中度，濃纖適宜，詘法伸才之病盡矣，一第何疑」，頁479。

不必寫之情；景無所不收，而亦有不必收之景。知此乃可以言詩
矣。……近日蔡不瑕氏……取漢魏三唐諸詩，細心研入，合而離，
離而復合；不效七子詩，亦不效袁氏少年未定詩，而宛然復傳盛
唐詩之神，則善矣。[58]

〈答須水部日華〉亦云：

不肖謬謂本朝修詞（詩文創作），歷下諸公（前後七子）力救後
來凡近之習，故于詩字字取則盛唐；然愈嚴愈隘，迫脅情境，使
不得暢。窮而必變，亦其勢然。先兄中郎矯之，多抒其意中之所
欲言，而刊去套語，間入俚易。惟自秦中歸，始云：「我近來稍
悟詩道。」今《華嵩遊草》是也，緊嚴深厚，較往作又一格矣。
天假以年，進未可量；前此諸撰，原非稅駕之所。昔李邕書法，
謂「學我者拙，似我者死」，不肖于中郎之詩亦然。……至于詩
之一道，未必有中郎之才之學之趣，而輕效其顰，似尤不可耳。
何者？言之無文，行而不遠。情雖無所不寫，而亦有不必寫之情；
景雖無所不收，而亦有不必收之景。色澤神理，貴乎相宜。三日
新婦，與野戰驕兵，等一病也。[59]

文窮而必變，卻易由某類缺失走向另一極端；謹小慎微、一逕仿效之「三
日新婦」，和不受羈勒、流於鄙俚恣肆之「野戰驕兵」，俱屬弊竇。其實，
詩文的外在形式與思想內容，應兩相配合不宜偏廢。正如〈曹醫序〉曰：
「自得者，能用法，能使法為我用，能離法而自立法，慧力之所變化

---

[58] 《珂雪齋集》卷之十，頁 458-459。
[59] 《珂雪齋集》卷之二十四，頁 1047。

宜爾。……凡守格套者，事雖敗猶以為正；凡出常調者，即事集猶詬
之。」[60]

（四）尚韻求趣

　　小修文論雖主張以意役法、不廢格套，但對性靈的抒發，始終一貫，
故堅持趣韻的追求。〈二趙生文序〉曰：「夫楚人之文有骨，失則傖；吳
人之文有態，失則跳。予每欲以楚人之質幹，兼吳人之風致，而不可
得。……予兄弟三人，皆龥知文，而其始，實先君子（袁士瑜）啟之以
學。……近思先君子之教予三人，不寬不嚴，如染香行露，教之最有風
趣者也。」[61]可知，公安三袁承家學淵源，崇尚文趣，正足以補楚風之質
實。人若具風骨靈慧，自能涉筆成趣，韻味無窮。〈劉玄度集句詩序〉曰：

　　　　凡慧則流，流極而趣生焉。天下之趣，未有不自慧生也。山之玲
　　　　瓏而多態，水之漣漪而多姿，花之生動而多致，此皆天地間一種
　　　　慧黠之氣所成，故倍為人所珍玩。至于人，別有一種俊爽機穎之
　　　　類，同耳目而異心靈，故隨其口所出、手所揮，莫不灑灑然而成
　　　　趣，其可寶為何如者。[62]

〈南北遊詩序〉曰：

　　　　夫名士者，固皆有過人之才，能以文章不朽者也。然使其骨不勁，
　　　　而趣不深，則雖才不足取。昔子瞻兄弟，出為名士領袖，其中若
　　　　秦（觀）、黃（庭堅）、陳（師道）、晁（補之）輩，皆有才有骨

60　《珂雪齋集》卷之九，頁448。
61　《珂雪齋集》卷之十，頁488-489。
62　《珂雪齋集》卷之十，頁456。

有趣者，而秦之趣尤深。吾觀子瞻所與書牘，娓娓千百言，直披
肝膽，莊語謔言，無所不備，其敬而愛之若是。想其人必風流蘊
藉，如春溫、如玉潤，不獨高才奇氣為子瞻所推服已也。予友陶
孝若（若曾），淡泊自守，甘貧不厭，真有過人之骨。文章清綺
無塵坌氣，真有過人之才；而尤有一種清勝之趣，若水光山色，
可見而不可即者。以故中郎于諸君子之中，尤敬而愛之。其詩風
味，亦近似中郎，蓋染香潤露，有不言而喻者。予嘗比之於秦太
虛（觀），中郎亦以為然。[63]

〈王天根文序〉云：「天根喜讀書，下筆為詩賦，及小言短章，天
趣皆奕奕毫楮。所謂文人之藻、韻士之趣，備矣，宜其嗜中郎深也。」[64]
小修強調若由靈液、楮墨間，自然流洩而出非刻意之作，往往風韻獨具，
可膾炙人口、怡悅人目，足以流傳後世，千萬不得任意割捨。〈答蔡觀
察元履〉書云：

近閱陶周望（望齡）祭酒集，選者以文家三尺繩之，皆其莊嚴整
栗之撰，而盡去其有風韻者。不知率爾無意之作，更是神情所寄，
往往可傳者托不必傳者以傳，以不必傳者易於取姿，炙人口而快
人目。班、馬作史，妙得此法。今東坡之可愛者，多其小文小說；
其高文大冊，人固不深愛也。使盡去之，而獨存其高文大冊，豈
復有坡公哉？大賓水陸之席，有時以為苦，而偶然酒核，有極成
歡者，此之謂也。……石簣（陶望齡）所作有遊山記及尺牘向時
相寄者，今都不在集中，甚可惜！後有別集未可知也。此等慧人，

[63] 《珂雪齋集》卷之十，頁 457。
[64] 《珂雪齋集》卷之十，頁 480。

從靈液中流出片語隻字，皆具三昧，但恨不多，豈可復加淘汰，使之不復存於世哉！[65]

（五）貴重蘊藉

無論詩文或時文，中年以後的袁小修，都著意講究情韻悠長、沉鬱頓挫、含蓄蘊藉，避免披露太甚、發洩太盡，故時見導正之論，如〈淡成集序〉云：

天下之文，莫妙於言有盡而意無窮，其次則能言其意之所欲言。《左傳》、《檀弓》、《史記》之文，一唱三歎，言外之旨藹如也。班孟堅輩，其披露亦漸甚矣。蘇長公之才，實勝韓柳，而不及韓柳者，發洩太盡故也。……舉業文字，在成（化）弘（治）間，猶有含蓄有蘊藉。至于今，而才子慧人，蜚英吐華，窮其變化，其去言有餘而意不盡者遠矣。雖然，由含裏而披敷，時也、勢也。惟能言其意之所欲言，斯亦足貴已。楚人之文，發揮有餘，蘊藉不足。然直攄胸臆處，奇奇怪怪，幾與瀟湘九派同其吞吐。大丈夫意所欲言，尚患口門窄、手腕遲，而不能盡抒其胸中之奇，安能囁囁嚅嚅，如三日新婦為也。不為中行，則為狂狷。效顰學步，是為鄉愿耳。……近日楚人之詩，不字字效盛唐；楚人之文，不言言法秦漢，而頗能言其意之所欲言。以為揀擇太過，迫脅情景，而使之不得舒真，不如倒囷傾囊之為快也。本無言外之意，而又不能達意中之言，又何貴於言？楚人之文，不能為文中之中行，而亦必不為文中之鄉愿，以真人而為真文。[66]

---

[65]　《珂雪齋集》卷之二十四，頁 1045。
[66]　《珂雪齋集》卷之十，頁 485-486。

〈宋元詩序〉亦曰：

> 文章關乎氣運，如此等語，非謂才不如、學不如，直為氣運所限，不能強同。……古人論詩之妙，如水中鹽味，色裡膠青，言有盡而意無窮者，即唐已代不數人，人不數首。彼其抒情繪景，以遠為近，以離為合，妙在含裹，不在披露。其格高、其氣渾、其法嚴，其取材甚儉，其為途甚狹。無論其勢不容不變，為中為晚，即李杜諸公，已不能不旁暢以極其意之所欲言矣，而又何怪乎宋元諸君子歟？宋元承三唐之後，殫工極巧，天地之英華幾洩盡無餘。為詩者處窮而必變之地，寧各出手眼，各為機局，以達其意所欲言，終不肯雷同剽襲，拾他人殘唾，死前人語下。於是乎情窮而遂無所不寫，景窮而遂無所不收。無所不寫，而至寫不必寫之情；無所不收，而至收不必收之景；甚且為迂為拙，為俚為獷，若倒困傾囊而出之，無暇揀擇焉者。總之，取裁胗臆，受法性靈，意動而鳴，意止而寂；即不得與唐爭盛，而其精采不可磨滅之處，自當與唐并存於天地之間，此宋元詩所以刻也。[67]

〈牡丹史序〉云：「天地間之景，與慧人才士之情，歷千百年來，互竭其心力之所至，以呈工角巧，意無蘊矣；然景雖寫，而其未寫者如故也；情雖洩，而其未洩者如故也。」[68]〈寄曹大參尊生〉曰：「少年勉作詞賦，至于作詩，頗厭世人套語，極力變化，然其病多傷率易，全無含蓄。蓋天下事，未有不貴蘊藉者，詞意一時俱盡，雖工不貴也。近日

---

67 《珂雪齋集》卷之十一，頁 497-498。〈宋元詩序〉末，小修以「故不辭而僭為之引」作結，故知其視「序」、「引」，一也。卷之十〈龍湖遺墨小序〉末，亦云：「因喜而為之引」，頁 475。

68 《珂雪齋集》卷之十，頁 469。

始細讀盛唐人詩，稍悟古人鹽味膠青之妙；然求一二語合者，終無有也，此亦氣運才力所限。」[69]

　　約於泰昌元年（1620），五十一歲的小修作〈答夏濮山〉書：「舟中細玩佳作，不為法度所縛、不為才情所使，大轉在王（維）、孟（浩然）之間，真盛唐音也。今之作者，不法唐人，而別求新奇，原屬野狐。每執筆輒有此意，不虞慈台先我著鞭也。若生則唐、宋調雜，聊以抒其意所欲言耳。」[70]已將公安派早期為求改革文風特尚新奇之藝術風格，斥為野狐外道，轉而追求雅正蘊藉的審美範疇；但，描情摹景敘事說理，若不能言有盡而意旨遠，展現味外之味，則寧堅持狂狷敷暢以舒真。

（六）繪事後素

　　袁小修有鑑於當時文風虛矯浮夸，於〈餐霞集小序〉中，提出「至平常，至炮爛；至炮爛，至平常。天下之至文，無以加焉」[71]的說法，冀望恢復「繪事後素」[72]的美學傳統。〈程晉侯詩序〉曰：

> 詩文之道，繪素兩者耳。三代而上，素即是繪；三代而後，繪素相參。蓋至六朝，而繪極矣。……夫真能即素成繪者，其惟陶靖節（潛）乎？非素也，繪之極也。宋多以陋為素，而非素也。元多以浮為繪，而非繪也。國朝乘屢代之素，而李（夢陽）、何（景明）繪之，至于今而繪亦極矣。甫下筆，即沾沾弄姿作態，惟恐其才不顯而學不博也。古之人任意之所欲言，而才與學自聽其驅

69　《珂雪齋集》卷之二十四，頁 1029
70　《珂雪齋集》卷之二十五，頁 1097。
71　《珂雪齋集》卷之十，頁 469。
72　「繪事後素」語出《論語·八佾第三》，後來成為美學論述之重要範疇疇，指用自然樸素的藝術形式，表現出內涵豐富、意蘊深遠的審美旨趣。

使。今之人反以才學為經，而實意緯之，故以繪掩素，而繪亦且素；然而無色，膩靡而無足觀，予重有慨焉。……吾友程晉侯不然，匠心獨造，而不為才與學所驅使，其殆有靖節之意乎？靖節處于非仕非隱之間，而卒歸于隱。初應辟除，而未嘗逃之；既惡折腰，而未始即之。彼其于世外澹也，故其為詩如其為人。今晉侯跡大類于陶，皆得恬澹之趣者也。故其詩深厚雋永，可以救世之靡靡浮夸者焉，予所以樂為述也。[73]

〈于少府詩序〉亦曰：

凡天下之易見者，非其至者也。……詩之為道，繪素已耳。三代而上，繪即是素[74]；三代而下，以繪參素。至六朝，繪極矣，而陶以素救之。近日文藻日繁，所少者非繪也，素也。公之詩本於性情，骨色相合，蓋有陶靖節之遺風焉，信乎其為詩人也。[75]

　　小修所言之「素淡」不僅針對藝術形式，要求不賣弄文藻，不炫耀才學，以本色蘊蓄出一種雅致、高逸的審美意境；同時，還要展現清虛澹泊的文人風骨，毋求苟合取容於俗世俚人。如〈馬遠之碧雲篇序〉云：

今年入都，逐隊操觚，覺斷綆枯井，殊無微瀾。惟得冶城舊社友馬遠之文，讀之靈潮汩汩自生，始知天地之名理，與人心之靈慧，搜而愈出，取之不既。蓋遠之為人，有逸韻、饒俠骨、急友朋、愛煙嵐，故隨筆出之，自仙仙然有異致。所謂一一從肺腑流出，蓋天蓋地者也。夫畫家重逸品，如郭忠恕之天外澹澹數峯是也。

---

[73]　《珂雪齋集》卷之十，頁 470-471。
[74]　當作「素即是繪」，參見注 71，頁 470。
[75]　《珂雪齋集》卷之十，頁 471。

世眼不知，乃重許道寧輩金碧山水，不亦謬乎！吾觀遠之之文，鹽味膠青，若有若無，比之忠恕之畫，氣類自同。今欲取合世眼，降格作道寧輩濃膩之筆，吾固知遠之不為，亦不願遠之為之也。[76]

（七）博覽篤學

針對前後七子倡言「不宜讀宋元人書」，以及公安末流逞才恣肆之弊，小修乃極力主張博覽群籍、淬礪苦讀。〈宋元詩序〉曰：

> 吾觀宋元諸君子，其卓然者，才既高，趣又深，於書無所不讀。故命意鑄詞，其發脈也甚遠，即古今異調，而不失為可傳。後來學者，才短腸俗，束書不觀，拾取唐人風雲月露皮膚之語，即目無宋元諸人，是可笑也。蓋近代修詞之家（七子等），有創謂不宜讀宋元書者。夫讀書者，博采之而精收之，五六百年間，才人慧士，各有獨至。取其菁華，皆可發人神智；而概從一筆抹殺，不亦冤甚矣哉！自有此說，遂為固陋慵嬾者託逃之藪。[77]

袁中道認為「本朝數百年來，出兩異人，識力膽力迥超世外，龍湖（李贄）、中郎非歟？」[78]又云：「先生（袁宏道）天縱異才，與世人有仙凡之隔。而學問自參悟中來，出其緒餘為文字，實真龍一滴之雨，不得其源，而強學之，宜其不似也。」[79]即便是才人慧士猶需參悟學問，博觀約取、去蕪存菁，何況凡夫肉眼者，豈能束書不讀；鋪錦列繡實不足取，一切應根植于真才實學。其〈答秦中羅解元〉曰：「讀佳詩力能

---

[76] 《珂雪齋集》卷之十，頁 482。

[77] 《珂雪齋集》卷之十一，頁 498。

[78] 《珂雪齋集》卷之二十四〈答須水部日華〉，頁 1047。

[79] 《珂雪齋集》卷之十一〈中郎先生全集序〉，頁 523。

扛鼎，弟何敢妄加評定。但願熟看六朝、初盛中唐詩，要令雲煙花鳥，燦爛牙頰，乃為妙耳。」[80]〈申維烈時藝序〉亦曰：

> 初意維烈不過能雕章繪句，如近所稱文士者耳；及讀其奏牘并制舉藝，具一種絕世之資，而工力足以副之。出之有源，布之成彩，人見得之甚捷，而不知其焠掌銳床，冥搜玄想，其苦亦有未易言者，始知其為積學士也。[81]

（八）窮則易工

　　小修雖早負盛名，仕途卻坎壈難達，〈送蘭生序〉曰：「予年十八九時，即與中郎結社城南之曲，李孝廉元善與焉。三人下帷為文章，皆搜雲入霞，意氣豪盛。……意一第可唾取……中郎以二十舉於鄉，廿四而成進士。隨取即獲，有若承蜩。乃元善則已苦矣，予則更苦矣。……予下帷多年，沉思諦想，焚（崔）君苗之硯，見（揚）子雲之腸，甚矣予之苦也。三十四而舉於鄉，海內不熟予者，競以予為宿儒，蓋因予名早著，而疑其年。登賢書（中舉）之夜，六以後俱登楮（榜單），留前五，發三而得予名，堂下劃然大笑，戟手而賀主者曰：『今年得名士矣！』……人皆詫予之名震海內，不知予之苦久矣。」[82]基於本身遭際，深切體會到「磨鍊之後，其精光更自勃勃耶」[83]，小修遂主張「窮則易工」，認為

---

[80]　《珂雪齋集》卷之二十四，頁 1053。卷之二十五〈答夏道甫〉亦云：「來詩清新雄豁，甚為兄喜。故知兄大有才情，特懶于拈筆耳。只如此作去不輟，且熟看唐詩以充之，便可名世矣」，頁 1061。

[81]　《珂雪齋集》卷之十，頁 484。

[82]　《珂雪齋集》卷之九，頁 447-448。

[83]　《珂雪齋集》卷之二十三〈答董思白太史〉，頁 986。

時運乖違或可有助於發憤著述，卻不完全認同「窮而後工」[84]之舊說，畢竟，怨憤困阨與文學創作，並無絕對之因果關係。〈西清集序〉曰：

> 夫修詞之道，古以為必窮而後工。非窮而後工，以窮則易工也。坎壈之士，內有鬱而不申之情，外有迫而不通之境，直抒其意所欲言，而以若懟若啼，動人心而驚人魂矣。若身處夷泰，心境調適，如水平而波瀾自息，山平而峯巒不起。昌黎所云「窮愁易好，恬愉難工」者，豈不然哉？[85]

〈陳無異寄生篇序〉曰：

> 六一居士（歐陽修）云：「風霜冰雪，刻露清秀。」以山色言之，四時之變化亦多矣，而惟經風霜冰雪之餘，則別有一種勝韻，澹澹漠漠，超於豔冶穠麗之外。春之盎盎，百花獻巧爭妍者，不可勝數，而梅花獨於風霜冰雪之中，以標格韻致為萬卉冠。故人徒知萬物華於溫燠之餘，而不知長養於寒沍之時者，為尤奇也。由此觀之，士生而處豐厚，安居飽食，毫不沾風霜冰雪之氣，即有所成，去凡品不遠。惟夫計窮慮迫困衡之極，有志者往往淬勵磨鍊，琢為美器。何者？心機震撼之後，靈機逼極而通，而知慧生焉。……吾友無異，少遭困阨，客寄四方，益自振。下帷發憤，

---

[84] 如（漢）司馬遷：《史記》卷八十四．〈屈原賈生列傳第二十四〉曰：「屈平疾王聽之不聰也，讒諂之蔽明也，邪曲之害公也，方正之不容也，故憂愁幽思而作〈離騷〉。……屈平之作〈離騷〉，蓋自怨生也。」（殿版《史記》，台北：文馨出版社，民國64年10月再版，頁1004）（宋）歐陽修〈梅聖俞詩集序〉：「予聞世謂詩人少達而多窮，夫豈然哉？蓋世所傳詩者，多出於古窮人之辭也。……然則非詩之能窮人，殆窮者而後工也。」（《歐陽修全集》，上海：國學整理社出版、世界書局印行，民國25年，頁295）
[85] 《珂雪齋集》卷之十一，頁515。

窮極苦心，發為文章，清勝之氣，迴出埃塓（墇）。若葉落見山，
古梅著藥，一遇慧眼而兼收之，固其宜也。……無異嘗天下之難
者也，必無難天下事矣。[86]

〈應天武舉鄉試錄後序〉曰：「樂之時，才與不才為一；瘁之時，
才與不才為二。……蓋天下不朽之業有三，德不擇隱顯而立，言不擇常
變而立；惟曰功曰武功，則非乘時不可。」[87]小修將偃蹇橫逆視作篩汰
文才的考驗，經淬鍊而出者，自可躋「立言」之不朽境界。

〈殷生當歌集小序〉云：「才人必有冶情，有所為而束之，則近正，
否則近衰。丈夫心力強盛時，既無所短長于世，不得已逃之游冶，以消
磊塊不平之氣。古之文人皆然。……飲酒者有出於醉之外者也，徵妓者
有出於慾之外者也。……四十以後，便當尋清寂之樂。……必當去三鬧
而杖孤藤，模寫山容水態」[88]；篇末，袁小修署名「酸腐居士袁中道書」，
正表明其身處世濁政秕[89]，仕途、生活屢遭挫逆的心態，把盞、冶遊或
為文士才子傾洩抑鬱的管道，但悠遊山水、以文自娛更是常見，小修〈瞿
起田制義小序〉云：「不肖繼中郎起，于此道（舉業）稍有所窺，天下
皆期其能為伯修；……嗟乎！予屢蹶於場屋，復遭家難，無心進取，逃
之堆藍、蓋紫（山）間，日以聽水看雲為樂。不得已有所結撰，直如郭

---

[86] 《珂雪齋集》卷之十，頁 477-478。
[87] 《珂雪齋集》卷之十一，頁 502-503。
[88] 《珂雪齋集》卷之十，頁 472-473。
[89] 《珂雪齋集》卷之十一〈郡伯劉公守新安三載報最序〉：「況今日之世道，其趨于
圓融已極。祖宗權于天理人情之中，而垂為典制，歲月寢久，後人狃安計便，反
以私為經，而公為緯。圓于狗私者謂之通達，方于奉公者謂之迂拙。故政府六曹
之用，舍弛張莫適為主，甚且要路之竿牘如山，倖門之金錢如海，胥吏之狡獪如
神，先朝典制，日以陵夷。苟且因循，長此安窮」，頁 509。

忠恕繪事，聊作天外遠山，澹澹數峯而已，宜其不能嗣伯修也。」[90]〈贈東粵李封公序〉亦曰：「古之隱君子，不得志於時，而甘沉冥者，其心超然出塵埃之外矣，而猶必有寄焉然後快。蓋其中亦有所不能平，而借所寄者力與之戰，僅能勝之而已。或以山水、或以麴蘗、或以著述、或以養生，皆寄也。」[91]不過，有時又自滋猶疑，恐舞文弄墨有礙於性命修悟，〈答畢直指東郊〉云：「中道少時有志著作，後聞華梵合一之學，始孜孜從中參求，欲擲却管城公矣。習氣不除，時有拈弄，興之所至，穎與之俱。故模寫山容水態者，十居其九。真支離枯槁，無當於世用者之言也。……何者？發抒有餘，陶煉不足。幸而進取之局粗完，心意稍閒，從此以往，或有當耳。」[92]輾轉反復間，小修雖謙稱：「生少也賤，幸免為世法應酬之文，惟模寫山情水態，以自賞適，終難以列于作者之林」[93]，實際上「終不欲無所就，乃刻意藝文，計如俗所云不朽者」[94]，故其文論之創作觀，仍希冀簡篇能永垂不朽，得千古知音稱賞[95]。

[90]　《珂雪齋集》卷之十，頁 483。
[91]　《珂雪齋集》卷之九，頁 423。
[92]　《珂雪齋集》卷之二十五，頁 1092。卷之十一〈宗鏡攝錄序〉：「龍勝有言：『眾生心性，有如利刀。用以切泥，泥無所成，刀日益損。』予等逐逐世緣，并鏤畫世間文字，皆切泥相也」，頁 519。
[93]　《珂雪齋集》卷之二十四〈答蔡觀察元履〉，頁 1044。
[94]　《珂雪齋集》卷之九〈解脫集序〉，頁 451。
[95]　《珂雪齋集》卷之一〈江上示長孺〉：「文章得失出寸心，天下後世幾知音。獨餘匠心得意處，自歌自舞淚沾襟」，頁 30。

三‧文論之實踐印證

　　袁小修把性格氣質融入詩文理論及創作實踐中[96]，其尺牘、序引小品，幾乎俱屬「瀋發性靈」、「不廢格套」之作。如以今昔之比刻劃昆仲情濃，〈寄祈年〉曰：「吾往時所以不長往（山中）者，以汝二伯（袁中郎）在，友于至篤，不能相捨耳。今何時也？匠人輟成風之巧，伯子息流波之音。立雪無影，惆悵何言？」[97]且因「博覽篤學」[98]，遂得以化用運斤成風、伯牙絕絃的典故，凸顯難得之手足知己。或「尚韻求趣」，在〈報伯修兄〉[99]書中，小修告訴長兄，由於經年出遊，竟發生「弟回家，于門外遇小兒子，都不相識，相向而揖，可發大笑」之事，感今懷昔，浩嘆「不知吾兄弟，何日復遂夜床聽雨之樂也」。或透過苦樂反差，對比自己的無奈感慨，如〈劉元定〉云：「仁兄終日分韻舉白，看花聽曲；而弟終日埋頭看經上陳言。人生苦樂，相去寧止九牛毛耶！」[100]〈寄

---

[96] 《袁中郎全集‧袁中郎文鈔》──「序文」〈敘小修詩〉：「蓋弟方不得志於時，多感慨；又性喜豪華，不安貧窘；愛念光景，不受寂寞。百金到手，頃刻都盡，故嘗貧；而沉湎嬉戲，不知撙節，故嘗病；貧復不任貧，病復不任病，故多愁；愁極則吟，故嘗以貧病無聊之苦，發之於詩，每每若哭若罵，不勝其哀生失路之感。余讀而悲之，大概情至之語，自能感人」，頁6。

[97] 《珂雪齋集》卷之二十四，頁1017。

[98] 袁中道博古通今，故實用事處，比比皆是，卻無文氣扞格之歎。如《珂雪齋集》卷之二十四〈寄劉元定〉：「（玉泉山）響水潭亦建一圓蕉，仰看山色，俯聽水聲，如此受用數十年，便勝二十四考中書千倍萬倍也」，頁1028；以「二十四考中書」比作高官重臣，典出《新唐書》卷一百三十七〈郭子儀列傳〉。同卷〈答雲浦〉：「所謂把纜放船，抱橋洗澡，如斯而已矣」，頁1049；「抱橋柱洗澡」，出自《五燈會元》第十七卷，比喻執著於外物，受其束縛，心有掛礙，無法參悟佛法。同卷〈答蔡觀察元履〉，頁1044-1045；則連用了「紵衣之感」、「夏雨秋霜」、「遺簪弊屨」、「蠟屐」數個典故。

[99] 《珂雪齋集》卷之二十三，頁969。

[100] 《珂雪齋集》卷之二十三，頁991-992。

尹夷庚〉云：「弟居家鬱鬱無歡，筆硯久廢，第思二毛種種矣；學道之外，佐以看山讀書，豈能長奔波世路耶！所恨貌焉孤儁，口如銅鳥，安得沉酣風雅如吾兄者，常時聚首以慰飢渴也。」[101]抑或於〈答錢受之〉[102]書，自居「逆境易持」之老孝廉，來反徵錢謙益為「順境難持」居三台八座之貴人，以「貴重蘊藉」傳達出「若夫世樂可得，即享世間之樂；世樂必不可得，因尋世外之樂」的人生哲學。

　　公安派講求「倒困出之以自快」，然小修主張「以意役法」且補之以「毋捨法，毋役法為奇」，使篇章韻趣盎然、格局周備，由前述諸段引文已可得證。即便像僅七十八字之〈寄李龍湖〉一函，從「中道，楚腐儒也」起筆，繼採第三人稱勾勒預想情境──「秋初有丈夫紫髯如戟，鼓棹飛濤而訪先生湖上者，此即袁生也」，最後回轉第一人稱──「不揣愚昧，敢以姓名通之先生」作結，正是「繪事後素」、「窮則易工」的典型。

　　另外，〈壽孟溪叔五十序〉[103]描摹叔叔袁士玉「喜自適，善治生」，過著「豪華不啻」的日子，「豪爽好客，食啖兼數人，精力強健」；末尾寫道：「叔聞言大笑，乃謂予曰：『阿叔日來，愈知調馬。』遂呼兒取馬來，至則超騰而上，一鞭競指湖上，若飛煙，頃之不見，又頃之復還，下馬振衣，顧予及諸客曰：『何如？』遂相牽入中堂，痛飲達旦。」小修採對話、動作以示現法戛然收束文氣，尤顯傳神寫照之妙。又如〈壽大姊五十序〉[104]開篇即云：「記母氏即世，伯修差長，姊及予等皆幼，時居長安里舍。龔氏舅攜姊入城鞠養，予已四歲餘，入喻家莊蒙學；窗

---

[101] 《珂雪齋集》卷之二十四，頁 1020。
[102] 《珂雪齋集》卷之二十四，頁 1024-1028。
[103] 《珂雪齋集》卷之九，頁 428-429。
[104] 《珂雪齋集》卷之九，頁 430-433。

隙中，見舅抱姊馬上，從孫崗來，風飄飄吹練袖；過館前，呼中郎與予別。姊於馬上泣，謂予兩人曰：『我去，弟好讀書！』兩人皆拭淚，畏蒙師不敢哭。已去，中郎復攜予走至後山松林中，望人馬之塵自蕭崗滅，然後歸，半日不能出聲。」兒時骨肉離散的痛苦記憶，透過質樸細膩的追述，千古之後猶能撼人心弦，緣於滔滔摯情湧自胸臆，實堪稱抒發性靈之佳構。

四・結語

　　啟蒙思潮下，晚明文學特別崇尚個性解放、張揚主體意識，使公安派曾喧赫一時，然時移境遷，入清後，卻迭遭貶抑禁絕。從明末清初學者如黃宗羲[105]、朱彝尊[106]等人，至四庫閣臣紀昀[107]，均對之輕賤鄙夷；

---

[105] （清）黃宗羲《明文授讀》卷二十七・「記」：「先夫子曰：『珂雪之文，隨地湧出，意之所至，無不之焉。馮具區云：『文章須如寫家書一般』，此言是之而非也，顧視寫家書者之為何人。若學力充足，信筆滿盈，此是一樣寫法；若空疎之人，又是一樣寫法，豈可比而同之乎？珂雪之才，更進之以學力，始可言耳』（四庫全書存目叢書編纂委員會編纂：《四庫全書存目叢書》，臺南縣柳營鄉：莊嚴文化，民國86年，頁（集）400-801），葉五十七-五十八。

[106] （清）朱彝尊編《明詩綜》卷六十・「袁宗道」：『《（靜志居）詩話》：『自袁伯修出，服習香山、眉山之結撰，首以白蘇名齋，既導其源，中郎、小修繼之，益揚其波，由是公安流派盛行；然白蘇各有神采，顧乃頹波自放，舍其高潔，專尚鄙俚。鍾譚從而再變，梟音鴃舌，風雅蕩然，泗鼎將沈，魑魅齊見，言作俑者，孰謂非伯修也邪？』」（《原文電子版・文淵閣四庫全書》・「集部・總集類」），葉六。

[107] （清）紀昀：《四庫全書總目提要》卷一百七十九・「集部三二・別集類存目六」：「袁中郎集四十卷。……前後七子，遂以仿漢摹唐，轉移一代之風氣；迫其末流，漸成偽體，塗澤字句，鉤棘篇章，萬喙一音，陳因生厭。於是公安三袁又乘其弊而排抵之。三袁者，一庶子宗道，一吏部郎中道，一即宏道也。其詩文變板重為輕巧，變粉飾為本色，天下耳目於是一新，又復靡然而從之。然七子猶根於學問，三袁則惟恃聰明；學七子者不過贗古，學三袁者乃至矜其小慧，破律而壞度，

甚而，民初林紓猶云：「至於公安，不特輕儇，直是院本中打諢。……
若公安則恣肆不畏人，紀文達（昀）斥其『破律壞度』，此四字足以定
其罪矣。……蓋古文非可隨意揮灑者也，一染竟陵、公安之習，則終身
不可澣滌矣。」[108]直至五四周作人[109]、林語堂[110]諸大家，才又重新重視
晚明小品與公安三袁。

　　袁小修曾自認己作「不免露黌豪抗浪本色」[111]，但也不盡如前人評
騭之輕儇不學、破律壞度；其宗守兄長之論，進而針對公安末流俚俗、
率易之弊，分從創作方法、藝術風格與審美標準等方面，加以呼籲導正，
非但提出豐富的文學理論，更有與之相呼應之作品，其實已確使公安一
派奠定了在中國文學史上不可移易之地位，正如其〈壽吳母陳太碩人七
十序〉[112]中，儒商吳雲臺所讚：「有小修先生在，袁氏不衰！」

本篇發表於：《東吳中文線上論文》第二期
民國九十七年四月　頁1-19

名為救七子之弊，而弊又甚焉。觀於是集，亦足見文體遷流之故矣」（《原文電子
版・文淵閣四庫全書》・「附錄」），葉四四-四五。
[108] 林紓：《春覺齋論文》・「論文十六忌」・「忌輕儇」條（《傳世藏書・集庫・文藝論
評》第一冊，海南：誠成企業集團（中國）有限公司・海南文化科技發展有限公
司製作，海南國際新聞出版中心出版，1996），頁361。
[109] 可見於周作人：《中國新文學的源流》（長沙：岳麓書社，1989）、《知堂書話・雜
拌兒跋》（海南：海南出版社，1997）等書。
[110] 林語堂創辦《論語》、《人間世》等刊物時，寫了頗多稱美「公安三袁」的文字，
如〈論文〉、〈說浪漫〉、〈說瀟灑〉等。
[111] 《珂雪齋集》卷之十〈李仲達文序〉，頁485。
[112] 《珂雪齋集》卷之十一，頁509。

貳、由尺牘小品看袁小修之生活與個性

【摘要】藉《珂雪齋集》之「尺牘」小品,以體會袁中道(小修)縱情酒色、耽溺山水、斷慾療傷、見性參求,科甲侘傺、困窮偃蹇之外現生活;並探索其內心世界之經世濟民、官隱守拙,風趣幽默、狂狷坦直,好閒習靜、尚樂喜友的個性特質;冀得充分掌握小修內外神韻樣貌,作為研究其散文小品之輔。

【關鍵詞】袁中道(袁小修)、尺牘、小品、生活、個性

一‧前言

信函因書寫工具、材質殊異及時代習慣,而有不同的名稱,如帖、箋、啟、函、簡札、尺素、書翰等;而「尺牘」原指一尺左右的木板,雕鏤之以通音問[1],後成為私人書信之典雅通稱[2]。「尺牘」一詞,最早見

---

[1] (南朝)劉勰:《文心雕龍》‧〈書記〉第二十五:「故書者,舒也。舒布其言,陳之簡牘」(楊明照校注,《文心雕龍校注》,北市:河洛圖書出版社,民國 65 年),頁 184。

[2] (東漢)班固:《漢書》卷九十二‧〈游俠傳〉第六十二:「(陳遵)略涉傳記,贍於文辭;性善書,與人尺牘,主皆藏去呂為榮。」(《二十五史》冊 4──《漢書補注二》,北市:藝文印書館印行,民國 71 年),頁 1584。漢代國書亦可稱作尺牘,如《漢書》卷九十四上‧〈匈奴傳〉第六十四上:「漢遺單于書,呂尺一牘」(同上,頁 1600);不過,後世已漸將「尺牘」歸於個人信函之謂。

於《史記》卷一百五·〈扁鵲倉公列傳〉第四十五：「太史公曰：『……倉公（齊太倉長淳于意）乃匿迹自隱而當（肉）刑，緹縈通尺牘（願入身為官婢，冀贖父刑罪），父得以後寧。』」[3]

「尺牘」屬應用文體，可敘事、議論，亦可抒情、體物，自由而隨興，易顯個人風采及藝術風格，然唐代之前，將之視作「小道」，故未能納入個人專集中。逮及宋朝，尺牘發展勃興，地位雖難與正統詩文比肩，然已有了尺牘專集，如李祖堯將恩師孫覿的信函注釋編輯成《李學士新注孫尚書內簡尺牘》十六卷。清·桂馥題詞《顏氏家藏尺牘》云：「古人尺牘不入本集，李漢編《昌黎集》，劉禹錫編《河東集》，俱無之。自歐、蘇、黃、呂，以及方秋厓、盧抑南、趙清曠，始有專本。」[4]宋之簡牘，無論在構思、立意、修辭、用典、使事、擇語、煉句等方面，均有亮眼表現，佳作迭見；宋·朱弁《曲洧舊聞》卷九記載：「舊說歐陽文忠公雖作一二字小簡，亦必屬稿，其不輕易如此；然今集中所見，乃明白平易，反若未嘗經意者而自然爾雅，非常所及。東坡大抵相類。」[5]

北宋蘇軾、黃庭堅已將尺牘之美，發揮得淋漓盡致；而明末文人特重個人意識與審美情趣，「幅短而神遙，墨希而旨永」[6]的小品文應運大興，更使易顯小品風味之個人尺牘專集或眾家尺牘選本大量湧現；前者如湯顯祖之《玉茗堂尺牘》，而沈際飛〈《玉茗堂尺牘》題詞〉云：「湯

---

[3]　（西漢）司馬遷：《史記》（清乾隆武英殿刊本——北市：文馨出版社，民國 64年再版），頁 1147-1148。

[4]　（清）顏光敏輯：《顏氏家藏尺牘》卷四·「題詞」（《百部叢書集成·初編》第59 冊，據清道光潘仕成輯刊海山仙館叢書本影印，臺北板橋：藝文印書館，民國 57 年），葉八九。

[5]　《原文電子版·文淵閣四庫全書》·「子部·雜家類·雜說之屬」（武漢：武漢大學出版社，1997 年），葉七。

[6]　語出（明）鄭光（元）勳選：《媚幽閣文娛》·唐顯悅題〈媚幽閣文娛敘〉引鄭超宗所云（上海市：上海雜誌公司——據明原刊本排印，民國 25 年），頁 1。

臨川才無不可，尺牘數卷尤壓倒流輩。蓋其隨人酬答，獨擄素心，而頌不忘規，辭文旨遠。……又若雋冷欲絕，方駕晉魏，然無其簡率。」[7]後者有：胡文煥輯《寸札粹編》二卷、沈佳胤輯《翰海》十二卷、陸雲龍選注《小札簡》二卷等。

　　晚明小品大家「公安三袁」之么弟袁中道（西元 1570-1626 年[8]），雖少負才名，然仕途始終困頓偃蹇[9]；清同治刊本《公安縣志》‧〈袁中道傳〉記載：「袁中道，字小修，伯修（袁宗道）、中郎（袁宏道）同母弟也。萬歷（當作「曆」）癸卯（三十一年、1603，三十四歲）魁北闈（順天府鄉試第三中舉）、丙辰（四十四年、1616，四十七歲）成進士。改蘇（當作「徽」[10]）州府教授、遷國子博士；乞南，得禮部儀制、歷南吏部文選司郎中，旋乞休。晚深於禪理，卒時鼻垂玉筯（流

---

[7]　（明）湯顯祖撰：《玉茗堂尺牘》，明崇禎九年（1636）吳郡沈氏刊本，〈序〉之葉一-二。

[8]　對於袁中道過世時間，說法不一。如周群先生依錢謙益的記載，斷定為「1624年，即天啟四年」（見《袁宏道評傳（附袁宗道、袁中道評傳）》第 264 頁，南京：南京大學出版社，1999 年）。錢伯城點校《珂雪齋集》，於〈前言〉十一頁‧「四」中，主張小修「卒于天啟三年（1623），終年五十四歲」（見《珂雪齋集》上冊，上海：上海古籍出版社，1989 年）。今本諸康昌泰先生據清朝咸豐版《袁氏族譜》，考證袁中道之生卒年，認定是明穆宗隆慶四年生，卒於熹宗天啟六年（1570-1626）參見湖北公安派文學革新派公安三袁研究》‧〈關於袁中道生卒年小考〉，湖北：華中師範大學出版社，1987 年），頁 299。

[9]　（清）張廷玉等奉敕修：《明史》卷二百八十八‧〈列傳〉第一百七十六‧「文苑四」〈袁宏道傳〉：「中道字小修，十餘歲作〈黃山〉、〈雪〉二賦，五千餘言。長益豪邁，從兩兄宦游京師，多交四方名士，足跡半天下。萬歷（曆）三十一年始舉於鄉，又十四年乃成進士。由徽州教授歴（歷）國子博士、南京禮部主事。天啟四年，進南京吏部郎中，卒於官」（《欽定四庫全書》「史部‧正史類」），葉十六。

[10]　（清）楊之騈修：康熙 60 年刊本《公安縣志》卷之四‧〈袁中道傳〉作「徽」，葉廿九。

鼻水），人以為禪定云。所著詩文有《珂雪齋集》二十卷[11]、《遊居柿錄》二十卷。」[12]小修之著作，以錢伯城點校，根據萬曆四十六年（1618）二十四卷《珂雪齋前集》為底本，再彙合十卷《珂雪齋近集》、二十四卷《珂雪齋集選》及十三卷《珂雪齋外集遊居柿錄》合編所成之《珂雪齋集》[13]，最稱完備。其中卷之二十三至二十五，收有小修尺牘貳佰零貳封，現依此而論之。

　　若想了解袁中道之際遇生活、當時之社會現況及文人活動、文學走向等端，或更進一步踏入小修內心世界，體會其喜怒哀樂，十三卷日記體之《遊居柿錄》，正記錄了自明神宗萬曆三十六年（1608，時年三十八歲）十月初一起，至四十六年十二月二十八日止，約十載歲月間，或居或遊的點點滴滴；然而，《珂雪齋集》中之「尺牘」，所涵蓋的時間跨度更長、內容範圍更廣，亦非純然主觀之隨筆敘寫，更牽涉到人我關係，尤其因茲可見小修後半段人生種種。

二·由尺牘小品看小修生活

　　明·王思任〈陳學士尺牘引〉：「有期期乞乞，舌短心長，不能言而言之以尺牘者；有忞忞昧昧，睽違匆遽，不得言而言之以尺牘者；有幾

---

[11] 同注 9，卷九十九·〈志〉第七十五·「藝文四」，則作「袁中道《珂雪齋集》二十四卷」，葉二十四。

[12] （清）周承弼等修、王慰等纂：同治 13 年刊本《公安縣志》（二）·卷之六《人物志上──列傳》·〈袁中道傳〉，葉二三（台北：台灣學生書局，民國 58 年，頁654）。此與注 7 所引《明史·袁宏道傳》所附〈袁中道傳〉後半，略見參差。

[13] 《珂雪齋集》共分上、中、下三冊（上海：上海古籍出版社，1989 年）；篇內袁中道之引文，俱出此書，僅有部分句讀略加調整。

幾格格，意銳面難，不可以言言而言之以尺牘者。」[14]書信有時的確可以彌補語言之不足，克服空間距離之阻隔，溝通彼此，易於展現個人身心處境；特別是講求「獨抒性靈，不拘格套」[15]的袁小修，在尺牘創作上，恰得揮灑自如、遊刃有餘之妙。

就現存小修書簡，可以盡窺其生活諸般樣貌：

（一）縱情酒色、耽溺山水

青壯年之小修，抱持著如其〈詠懷〉詩所云：「人生貴適意，胡乃自局促。歡娛極歡娛，聲色窮情欲」[16]之生活態度。〈艷歌〉曰：「若比陶徵士，好酒微兼色」[17]，並於〈心律〉篇中，自懺曾「游冶之場，倡家桃李之蹊，或未得免緣」，至於「分桃斷袖，極難排豁」[18]。在給許倫所的信中，鮮明勾勒出少時之曠放不檢──「（秦淮河畔）桃葉渡頭，龍舟飛舞，酒後耳熱，大罵粉骷髏。狂奴故態，仁兄猶記憶否？」[19]

隨年歲漸增、體衰多病，小修雖稍離杜康，卻難全然戒斷色慾。如〈答吳本如〉曰：「因飲酒致病，不復能飲」[20]；〈報二兄〉曰：「弟此中久不飲酒，惟以讀書為樂耳。」[21]彼時男寵孌童之風盛行，小修亦未能免俗；進士及第、留京候選之際，修書與好友錢謙益，俏皮坦承：「弟比來不喜飲酒，每飲至十餘杯，即半滴不入口，入口便覺不快，亦非有

---

[14]　（明）王思任撰：《謔庵文飯小品》（北京市：全國書館文縮微複製中心），2005 年。
[15]　（明）袁宏道，《袁中郎全集》（台北：世界書局，民國 79 年）‧《袁中郎文鈔》──「序文」‧〈敘小修詩〉，頁 5。
[16]　《珂雪齋集》卷之二，頁 63-64。
[17]　《珂雪齋集》卷之二，頁 85。
[18]　《珂雪齋集》卷之二十二，頁 954-955。
[19]　《珂雪齋集》卷之二十四〈寄許裕州倫所〉，頁 1050。
[20]　《珂雪齋集》卷之二十三，頁 982。
[21]　《珂雪齋集》卷之二十三，頁 994。

意要禁之也。惟見妖冶龍陽（男色），猶不能無動；然以病軀，不能不為性命自制；所幸入眼多鬼魅，又添我助道品耳。」[22]

至於泉石膏肓、煙霞痼疾，則始終如一。小修〈與丘長孺〉云：「趁此色力強健，偏探名山勝水，亦是快事。……繁華氣微，山林趣重，終當伴中郎於村落間耳。」[23]〈答長石〉云：「中郎明春（萬曆二十四年，1596）從舟行，欲于西湖蓮花國中過夏，弟亦附之以往。人生幾何，趁此盛壯時，了卻吳越遊，亦一大債。居士能無妒我乎？」[24]〈報伯修兄〉書曾云：「弟出都凡三月，始抵吳門。蔣蘭居相邀，晤於西湖；至潘雪松小桃園，同住半月。」[25]晚年〈寄劉元定〉云：「（玉泉山）響水潭亦建一圓蕉，仰看山色，俯聽水聲，如此受用數十年，便勝二十四考中書（郭子儀）千倍萬倍也。聞東山景物甚佳，老來諸嗜灰冷，惟山水之趣，久而愈深。」[26]

不過，袁小修曾因病恙、天候、養親、家冗等因素，而不得不就近遊覽、或暫時止遊。卷之二十四〈答王勁之〉曰：「今秋偶遭時瘧，益習靜嬾，雖愛山水，而憚遠遊」[27]；〈答李伏之〉曰：「襄中別兄後，至秋間微病瘧，今年春初即病，至今尚未平復，止在園中清坐，焚香看經，以為工課，即玉泉亦未往也」[28]；〈答無跡師〉曰：「本欲至山中過夏，而火病間作，目下溽暑，又難遠涉」[29]；〈寄楊文弱〉曰：「不肖去歲抱

[22]　《珂雪齋集》卷之二十五〈與錢受之〉，頁 1102。
[23]　《珂雪齋集》卷之二十三，頁 978。
[24]　《珂雪齋集》卷之二十三，頁 981。
[25]　《珂雪齋集》卷之二十三，頁 969。
[26]　《珂雪齋集》卷之二十四，頁 1028。
[27]　《珂雪齋集》頁 1034。
[28]　《珂雪齋集》頁 1043。
[29]　《珂雪齋集》頁 1037。

疴者歷寒暑，至殘冬始痊，五岳之興已闌，幾欲作少文（宗炳）臥遊事矣」[30]〈答王伯雨〉云：「天寒，姑止遊興，桃花開時，當覓良晤也」[31]。〈答錢受之〉曰：「弟日來以親病未平，株守故里，稍稍葺理籫篝谷，種花讀書，以自遣日」[32]；〈答黃駕部取吾〉曰：「急欲圖一晤，弟不難千里行，而老父抱病，難于遠離」[33]；〈寄孔令君〉曰：「所幸家嚴健飯，兩弟（袁安道、袁寧道）奉養，生雖不敢遠遊，亦庶幾可以近遊」[34]；〈寄潘景升〉書，亦大發感慨：「奈老人體復多病，常時周旋一室，即當陽玉泉已卓一菴，棲隱尚不能往，則其他可知矣。東下之役，空付夢想。吾兩人合併，竟不知在何時，此生乎？他生乎？都未可卜。」[35]〈寄須水部日華〉云：「客歲龍山之遊甚暢，生以家冗即歸去，未得再奉麈譚為歉。春來居家園、課兒曹，章華春色，付之夢想。」[36]

　　迷戀酒色，小修自認緣於「少年不得志于時，壯懷不堪牢落，故借以消遣，援樂天樊素、子瞻榴花之例以自解」[37]；而優游四方，乃因「度未能俛仰時人，故牽一舟，往來鼎澧間，以畢此生」[38]。

---

[30] 《珂雪齋集》頁 1051。

[31] 《珂雪齋集》頁 1036。

[32] 《珂雪齋集》頁 1024。

[33] 《珂雪齋集》頁 1020。

[34] 《珂雪齋集》頁 1015。卷之二十三〈與曾太史〉：「所以止于此（玉泉）者，緣老親在堂，三百里內招呼易返耳」，頁 1004。

[35] 《珂雪齋集》頁 1021。

[36] 《珂雪齋集》頁 1037。

[37] 《珂雪齋集》頁 954。

[38] 《珂雪齋集》卷之二十四，頁 1032。

（二）斷慾療傷、見性參求

　　即便科場屢屢失意，然在父兄庇蔭下，小修依然曠放瀟灑，直至萬曆二十八年（1600），其敬重若父之長兄伯修，慟極而逝；十年後，「海內第一知己」[39]之二哥中郎，又英年病故；霎時間，甫過不惑之年的袁小修，頓覺覆地翻天，在寫給「兄弟中之朋友、為朋友中之兄弟」[40]──黃輝的信中，痛陳：「伯修去後，已自淒楚不忍言，所倚以為命者，一中郎耳。今又舍我而去，傷心次骨，一病幾至不起。弟不難相從于地下，奈老親在堂，不得已削涕強笑，冀少慰之。」[41]不意兩年後，父親竟也過世，其〈寄曹大參尊生〉云：「自章臺寺別後，不旬日間，遂有家大人之變，不肖五內崩折。功名之失得不足論，身世之淒涼大可悼也。」[42]十二年間，迭遭父兄過世之厄的袁小修，唯賴徜徉山水、參究性命，以撫慰身心、養生延命。

　　〈寄李謫星〉曰：「自中郎去後，懷抱鬱鬱，見紫蓋、堆藍之山色，不覺心意爽豁。向時胸中積塊，俄爾冰釋，乃知山水是療病之妙藥。」[43]〈寄長孺〉曰：「弟之奇窮，世所未有。中郎既去，家嚴繼之。兩年來如醉如夢，強以山水之樂，苦自排愁破涕。」[44]〈寄雲浦〉曰：「弟近日東西遊覽，亦非躭情山水，借此永斷淫慾，庶幾少延天年耳。」[45]〈答

[39] 《珂雪齋集》卷之二十四〈寄六姪〉，頁 1016。
[40] 《珂雪齋集》卷之二十四〈寄曹大參尊生〉，頁 1029。
[41] 《珂雪齋集》卷之二十四〈寄黃春坊平倩〉，頁 1010。
[42] 《珂雪齋集》卷之二十四，頁 1029。同卷〈答李布政夢白〉云：「弟自中郎去後，即抱鬱病，連年舉發。前年卜居玉泉，將有終焉之志，不意老父見背，一門幼稚，不得不居家調停料理；即山遊亦止在鼎、澧、太和間，不得遠出矣」，頁 1039。
[43] 《珂雪齋集》卷之二十四，頁 1018。
[44] 《珂雪齋集》卷之二十四，頁 1030。
[45] 《珂雪齋集》卷之二十四，頁 1012。

王勁之〉曰：「弟年來懷抱作楚，久疎筆研；惟嬉遊山水間，期作一世間閒人。」[46]

　　其實自袁中郎病故後，小修的心態即有重大轉變[47]，其回覆摯友錢謙益的長信中，提及：「自先兄亡後，生死之念轉切，困心衡慮中，於此道稍有契。舉業亦不多作，自笑髮已種種矣，豈能作此耗心血事。去六十歲止得十七年，忙忙打疊那邊事，尚恐不迭，何心逐逐世緣也？前年買得一侍兒，去歲復遣之江陵。……相依惟二三淨侶，久不飲酒，間飲地黃酒數杯，頗覺神明清爽。自念生平無一事不被酒誤，學道無成，讀書不多，名行不立，皆此物為之崇也。甚者乘興大飲後，兼之縱慾，因而發病，幾不保軀命。又念人生居家，閒而無事，乃復為酒席所苦；非赴人召，即已招客，為杯勺盤餐忙了一生，故痛以招客赴席為戒。落得此身閒靜，便有無窮好處，讀書看山，尚是餘事，真大快也。山水可以代粉黛，兄疑世間人因倔為恭耳。弟自謂從古來不得意於世緣，因而自甘清淨，以至于成仙得道者，不可勝數。」[48]給丘坦之短箋，亦云：「自中郎去後，心神淒涼，百感橫集。姑集山水禪悅，以自排遣。苦則苦矣，心知功名之途遠，翻於此中得些閒淡光景。……過數年，兄便是五十翁，弟亦近五旬矣。世局日熟，道念日生，又不知作何結煞也。弟近製一舟，前後可安六槳，中列軒窗，可坐十人。將以明年正月作東南之遊，載米百石、書千卷，放浪江湖，且欲遍覽名山勝水。失馬得馬，安知非計也？」[49]而〈寄八舅〉云：「自別老舅（龔仲安）入山，無日不快。仰看

---

[46]　《珂雪齋集》卷之二十四，頁 1034。
[47]　《珂雪齋集》卷之二十四〈答曾太史〉：「弟住玉泉兩月，山水怡情，不覺舊病頓愈。……中郎去後，世念已灰，願作一老居士，遊行佳山水間足矣」，頁 1012。
[48]　《珂雪齋集》卷之二十四〈答錢受之〉，頁 1024-1025。
[49]　《珂雪齋集》卷之二十四〈寄長孺〉，頁 1030-1031。

堆藍之山色，俯聽跳珠之水聲，神骨俱清，百病消除。……到此飯伊蒲，絕嗜慾，覺得容易遣日，自信於山水有緣。……胸次舒泰，耳目清淨，豈非福耶！」[50]由於「畏死」之感沓至，且憂果報輪迴，故益重閒居養生、參求悟修。

袁小修〈答曾太史〉云：「弟往日學禪，都是口頭三昧，近日怖生死甚，專精參求。……酒色已戒多時，仁兄見念，感切感切。不見可欲，使心不動，畢竟深山之中為得計耳。」[51]〈示學人〉云：「若無宿生後生，則為學者，反不如流連光景之人，飲酒好色，終日歡暢為得計也，又何苦而作此寂寥生活也？」[52]

其〈寄五弟〉曰：「山中百凡清快……愚兄行止其間，即是養生。何者？屏絕欲染羶薌，不求養生而養生在其中。……進山一步，即是活路；出山一步，即是死路。」[53]另一封寫給四弟安道、五弟寧道的短信，

---

[50] 《珂雪齋集》卷之二十四，頁 1016。
[51] 《珂雪齋集》卷之二十四，頁 1013。類似之語多見，如：卷之二十三〈答蘇雲浦〉：「人命脆薄如此，轉令吾輩益怕死耳」，頁 979。卷之二十三〈答雲浦〉：「如弟者，根器與道甚不相應，近來稍發生死心，正在參地。……世間粗重五欲，尚徘徊留連其間，未能一刀兩斷，況其他乎？自愧自恨，不可言喻。又弟兄壽命皆促，恐朝露溘至，做手腳不迭」，頁 1004。卷之二十四〈復段公〉：「承札云，尊兄精進如此，尚自怖生死，況弟輩業習深重者乎」，頁 1035。卷之二十四〈寄寒灰〉：「生去歲一病，幾至不起，覺生死去來之際，了無得力處。總之生平縱放業習，踐履都不純熟，宜其手忙腳亂，作不得主也。近日方有幾分畏生死心」，頁 1052。卷之二十五〈寄楊侍御〉：「學問一事，弟輩所坐之病，只是不怕死。若怕死，則真參真悟真修，何愁不到懸崖撒手田地，惟不怕死，故半上不落、智不入微、道不勝習耳」，頁 1085。卷之二十五〈與錢受之〉：「總之弟輩一中進士，了卻頭巾，便是天地間大快活人，升沉內外，總可置之不問。單單只是個生死事未了，實不能自慊于懷，為可歎也。眼前如陸開仲、周野王，皆化為異物矣。同年中，相繼而去者屢屢，如此歲月，豈堪把玩乎」，頁 1102。
[52] 《珂雪齋集》卷之二十四，頁 1056。
[53] 《珂雪齋集》卷之二十四，頁 1018。

也以輕快之筆道出自己山居生活，晨起閱經、倦即看山，午後閒走聽泉，「精神日以爽健，百病不生」[54]。〈寄孔令君〉亦曰：「自到此處（玉泉），仰見堆藍之山，俯聽濺珠之水，不覺骨體俱輕，神情爽豁。遂買一峯，搆精盧其下。將窮三藏之秘典，發五宗之玄微；捐粱肉而餐伊蒲，舍絺錦而服芰荷；石丈竹君，梅妻鶴子，將于斯老矣。」[55]〈與長孺〉云：「兄弟壽命短促，即致身青雲，亦復何用？不如趁無病時，早辦資糧。」[56]

（三）科甲侘傺、困窮偃蹇

相較於袁宗道於廿七歲、袁宏道於廿五歲舉進士第，袁中道遲至四十七歲，方「聊了世法、足了書債」。〈與愚菴〉書：「叩得一第，聊了世法，所恨慎軒先生（黃輝）及兩兄皆不及見耳。」[57]〈答丘長孺〉書：「弟六年困苦（萬曆卅八年中郎卒），百念俱灰。今者（萬曆四十四年，1616）幸得一第，雖卑卑無奇，足了書債矣。今年定然考館，若得濫竽詞林，差可藏拙。但世道急於避嫌，緩於得才，亦未可必耳。若不得此，或有中行之望，可免於縣，即與孏拙之人相應也。」[58]

小修才高名著[59]，無奈考場蹭蹬，遂「如孤鴈天末，哀雲唳雨；且老矣病矣，一生心血，半為舉子業耗盡，已得痼疾，如百戰老將，滿身

---

[54] 《珂雪齋集》卷之二十四〈寄四五弟〉，頁1014。

[55] 《珂雪齋集》卷之二十四，頁1015。

[56] 《珂雪齋集》卷之二十三，頁1007。

[57] 《珂雪齋集》卷之二十五，頁1068。

[58] 《珂雪齋集》卷之二十五，頁1068。同卷〈寄王以明居士〉曰：「卑卑一第，聊了書債」，頁1069。同卷〈寄度門（無迹和尚）〉曰：「不肖倖得一第矣，……雖兩試皆不高，而書債已了，世局可結。……不肖無心用世，有意還山，此後欲于玉泉大作功德」，頁1071。

[59] 《珂雪齋集》卷之九〈送蘭生序〉云：「三十四而舉於鄉，海內不熟予者，競以予為宿儒。蓋因予名早著，而疑其年」，頁448。

箭瘢刀痕，遇風雨輒益其痛」[60]，久興「不復進取」[61]之想；其曾修書
對蘇雲浦說：「弟十年中哭兩兄，淚盡矣，兩眼昏花，鬢鬚皓然，已無
復進取之想。」[62]也在回函錢謙益時說：「自先兄亡後，生死之念轉切，
困心衡慮中，於此道稍有所契。」[63]只不過，為了「上慰尊人」[64]以光
耀門楣，並求自我實踐，乃一再參試，直至度過「人生一厄」[65]、「了卻
頭巾債」[66]為止。小修雖於家信中云：「卑卑一第，聊了書債。……我望
五之年，得此一第，已足結局。意在閒適，不樂仕進，便欲從此挂冠，

---

[60] 《珂雪齋集》卷之二十四〈答秦中羅解元〉：「癸丑之歲（萬曆四十一年，1613，
小修四十四歲），弟以制中（父親袁士瑜病故），不與計偕，惟延佇吾兄高第消息，
以為故人光寵；不意驚人之鳴，又遲歲月，目下以讀《禮》居山中。我輩蹭蹬，
大約相似，真可嘆也。弟已如孤鴈天末，……遇風雨輒益其痛」，頁1053。

[61] 《珂雪齋集》卷之二十四〈寄錢太史受之〉曰：「區區功名，無論不可必得；即
得之，有纖毫益于生老病死者乎」，頁1010。卷之二十五〈答蔡觀察元履〉曰：
「至于舉業文字，久已棄擲，更不知作何語。每拈一題，甫伸紙，頭已涔涔作楚，
覺狂花病葉，紛紛從眼中出」，頁1064。

[62] 《珂雪齋集》卷之二十四〈寄雲浦〉，頁1012。

[63] 《珂雪齋集》卷之二十四〈答錢受之〉，頁1024。

[64] 《珂雪齋集》卷之二十三〈答陳布政志寰〉：「弟僥倖得附貢籍（秀才中舉），原
出望外；至仁兄云『家廷鬱拂之後，藉此上慰尊人』，此語非情均骨肉者不能言
也。弟于世緣已矣，乃不忍見大人之鬱悒也。而帥兩弟作文以娛之，家大人即色
喜。故苦心一載，遂得藉手以報。弟自信弟之作舉業，即淨業也，即菩薩行也」，
頁974。同卷〈答鄒南皐〉：「中道不堪世緣，久擬灰心，而家門不幸（伯修過世），
以此復圖世榮，少慰嚴親」，頁977。甚至規勸門生時，亦抱持同一論點，卷之
二十五〈答賽素業門人〉曰：「惟是努力取一第，以慰太保公（賽理菴）在天之
靈，是所望也」，頁1081。

[65] 《珂雪齋集》卷之二十五〈答陶不退〉：「先儒云：『舉業是人生一厄，過了此關，
正好理會性命。』弟之卑卑一第，誠不足喜，喜過此關，可以專精此一事耳」，
頁1070。

[66] 《珂雪齋集》卷之二十五〈與梅長公〉：「弟自謂了卻頭巾債，足矣，足矣！升沈
總不問也」；〈與黃取吾〉：「弟卑卑一第，望五乃得之，自謂了卻頭巾債，足矣，
足矣！升沈總不問也」，頁1080。

遍遊天下山水，何往不樂？」[67]然〈與錢受之〉書，則明曰：「弟名數應為縣令。夫縣令之不宜于弟，豈獨受之知之，即弟亦自知之也；惟有改廣文一節，頗與弟相宜，已久定計矣，即受之亦必以為當也。目下雖閣中已上考館本，而旨意未下；且近日世局，避嫌之意多，憐才之意少，正恐不可得耳。」[68]中郎吳縣為令之苦痛前鑑，使小修冀「乞一片冷氈」[69]，擔任教職，然因明神宗怠政，吏治紊亂[70]，考館久候，苦不堪言，〈答李開府夢白〉云：「考館尚無定期，久候邸中，苦甚！再一月槁矣。真不若由廣文而國學，浮沉郎署間，半仕半隱，十年間取黃蓋金章，即還故隱去也。」[71]末了，終獲九品徽州府教授一職，但與原先期望[72]落差太大，在給朋友的書信中，難掩失望，〈寄陳解元〉曰：「弟無

---

[67] 《珂雪齋集》卷之二十五〈與四弟五弟〉，頁1069。

[68] 《珂雪齋集》卷之二十五，頁1102。同卷〈答馬遠之〉書，亦發類似感慨：「中秘之選，弟亦何敢逃之？但秘書之與朝請，有競不競之分，恐不必得耳」，頁1075。〈答蘇雲浦〉：「弟應選推，知力不能任也，惟有改教最穩便相宜，已定計矣」，頁1071。

[69] 《珂雪齋集》卷之二十五〈寄修齡〉：「弟復以月初，束裝入都門矣，畢竟乞一片冷氈為妥，想仁兄亦以為然也」；〈答吳表海憲副〉：「旌旆去郢時，曾于話間授以了一制科之訣，生奉行之果驗矣；則此之一第，俱從台臺語言中出也。自念卻頭巾債足矣，升沉都無足問。近且入都乞一片冷氈，浮沉郎署間，庶以其餘力竟文字緣，此素志也」，頁1084。〈寄汪大司馬靜峯〉：「時自揣難膺民社，已改新安一授」，頁1089。

[70] 《珂雪齋集》卷之二十五〈寄汪大司馬靜峯〉：「急選旨下，吏垣缺人，無憑可以到任，行期尚未定」，頁1090。

[71] 《珂雪齋集》卷之二十五，頁1074。同卷〈寄受之〉曰：「考選事竟成不了之局，弟亦束裝歸矣；即旨下，亦不能待也。我輩了卻頭巾債，便為至足，豈可得隴望蜀，如世間人哉」，頁1077；〈寄君御〉：「館選一事，竟成不了之局，候考者各星散去。……總之，官職自有定數，非人所能為。……弟已決意冷氈，所居既閒，亦欲有所撰述」，頁1078；〈寄蕭元恆侍御〉曰：「弟以一月五日始抵都門，六月初上一改教疏，二十餘日不下，苦得旨之難，將返初服，就吏事矣」，頁1086。

[72] 《珂雪齋集》卷之二十五〈寄仲暘〉：「弟一片冷氈定矣，非北即南，或可得京兆

心民社，自乞一廛，意欲寄跡吳越之間，庶幾沾霧露之潤，不意僻在新安。」[73]〈答畢直指東郊〉曰：「中道迂疎，非經世才，偷安青氈。幸承乏文學之邦，不模不範，實有餘恫。」[74]

　　袁氏尚稱小康的經濟狀況，在父兄亡故後，漸陷困窘；小修〈寄都門友人〉書浩嘆：「但無奈貧苦何，甚至無飯喫，家事日累，謀生愈拙，氣骨愈高，只一味減將去，亦何愁不快活也。」[75]〈寄蘇雲浦〉云：「一室孀婦，弱子幼女，何以度日？逝者已矣，生者之苦未艾也。……中郎囊中，僅檢得三十金，其清如此，即弟亦不知其清至此也。」[76]〈答段二室憲副〉云：「不意庚戌（萬曆三十八年，1610）秋，中郎竟以微恙，至于不起。逾年，老父以哭子過痛，相繼去世。不肖當此苦境，外支門戶，內撫孤孀，中間患難侮辱，所不忍言。憂傷之餘，疾病繼之，幾無生理。至去歲始獲痊可，逐隊入都，叨附賢書。……五濁世間，不如意事甚多，全仗無生知見之力，一一消之。于霹靂火中，現清冷雲。」[77]在寄給摯友丘坦的短信中，甚而自認「弟之奇窮，世所未有」[78]。進士及第前，袁小修常仗友儕「分俸」[79]、「盛貺」[80]，度過生活難關；然已有

也」，頁 1078。

[73]　《珂雪齋集》卷之二十五，頁 1096。「新安」治所在今浙江淳安縣西，近安徽歙縣。同卷〈答張休寧〉曰：「海陽（安徽古稱）清苦，非令此、攝此者不知」，頁 1099。

[74]　《珂雪齋集》卷之二十五，頁 1092。

[75]　《珂雪齋集》卷之二十三，頁 995。

[76]　《珂雪齋集》卷之二十三，頁 999-1000。

[77]　《珂雪齋集》卷之二十五，頁 1076。

[78]　《珂雪齋集》卷之二十四〈寄長孺〉，頁 1030。

[79]　《珂雪齋集》卷之二十三〈答陳布政志寰〉、〈劉元定〉、〈答雲浦〉等信中，小修均曾感謝對方「分俸」；又如卷之二十五〈答須水部〉：「仁兄此番關政，寬大簡易，所捐以予商民者多矣；行裝蕭然，弟所深知，故刻敝集，弟口不言及者，不欲以此累清郎也。乃今分遺過厚，令弟心大不安矣」，頁 1059。卷之二十五〈答

餘裕，也不吝付出。如〈答丘長孺〉[81]中，言及自己擔心因「世道急於避嫌，緩於得才」，無法順利考得一館，也煩憂丘坦「久滯遼陽」，乃「與酉卿（李長庚）相見即商確，兄雖不言及，然弟輩自當為之計」；由於「近日議論，密于牛毛，稍越次忽致人言」，僅可「少緩之」，「以為後圖」；而「大嫂處，弟薄有所資，此復若官京師，當續致赤米之俸耳」；並云：「承寄俸及參，寒官何如此？謝謝！」娓娓敘述間，彼此情誼義氣躍然紙端。

沈水部〉：「屢分清俸，實所不安，即欲躬謝，知肘柳作祟，恐煩起居，故中止耳，然心鏤甚矣」，頁1062。

80　《珂雪齋集》卷之二十四〈寄龍君御〉：「仁兄過裏中時，正弟登太和時也。……及入郢，則傅叔睿致盛貺并佳詩，歸家又見弔唁諸賜，情文藹如，故人用情，何其重疊也」，頁1034；〈答吳開府本如〉：「遠辱瑤函，兼之盛貺，感謝」，頁1038；〈答李布政夢白〉：「寂寥中忽得尊兄溫語，并盛貺種種，故人之誼藹如，感莫可喻」，頁1039。卷之二十五〈答蔡觀察元履〉：「中道自抱痾後，即走柴紫山中，借冷雲以消煩火，……忽枉手翰，兼之盛貺，蒙國士之知，存素交之誼，感入五內，非言可宣」，頁1063；〈答周侍御〉：「不肖卑卑一第，聊了書負，尚未具一函奉候戟下，而溫語盛貺，儼然下臨，何以當之」，頁1072；〈答段二室憲副〉：「正欲覓一便羽，奉候台端，而溫語盛貺，儼然臨之」，頁1076；〈答呂弱石司理〉：「盛貺何以當之，謝謝」，頁1094；〈寄吳揚州〉：「過維揚，承仁臺雅愛，當諸冗蝟集，特蒙枉顧，且辱大貺，感甚，感甚」，頁1095；〈答德州守謝容城〉：「遠承盛貺，何以堪之，謹肅此上謝，惟炤原幸甚」，頁1099；〈答張休寧〉：「屢荷仁兄垂念，既承溫語，兼之豐貺，感激莫可言喻。……遠承重貺，何以當之。使旋，草率致謝，不既欲言」，頁1099；〈答謝青蓮〉：「天涯仕途，與仁兄貴治密邇，實有天幸。乃以兩承盛貺濃厚，媿感莫勝」，頁1101。

81　《珂雪齋集》卷之二十五，頁1068。

三‧由尺牘小品看小修個性

袁中道生性豪放，不泥禮數，〈答杜總戎〉云：「英雄豪傑，相期許自出格外，必拘拘于世套何爲者？豈己不能操契洽之權，而必待天作之合也哉！」[82]且傲骨嶙峋，行不苟容，〈與梅長公〉曰：「看來世間自有一種世外之骨，畢竟與世間應酬不來。弟纔入仕途，已覺不堪矣。榮途無涯，年壽有限，弟自謂了卻頭巾債，足矣，足矣！升沉總不問也。」[83]除此而外，小修之個性，總是帶著些許矛盾。

（一）經世濟民、官隱守拙

一如對科舉之途，既覺無奈卻又難以割捨；在拓落不羈表象下，袁小修的內心深處，猶存裕國利民之念。〈寄同學〉云：「近日于事變內，稍得些快活消息。諸公有謂作官妨道者，弟謂既已見宰官身，不必更學沙門事；但此心與天下痛癢，實實相關，隨其所居之位，留心濟人利物，即是大功德，即是菩薩行也。若願行止于一身，即終日念佛持戒，止是人天有漏之因；若願行在天下，即終身做官，出入塵勞，亦是青蓮種子，此處斷斷乎不疑也。不絕欲亦不縱欲，不去利亦不貪利，不逃名亦不貪名，人情內做出天理來。此理近道學腐套，然實是我輩安身立命處也。」[84]〈答吳開府本如〉云：「整頓乾坤，乃大士作用，勝于寂寥枯禪萬倍。」[85]〈寄李當陽〉亦曰：「藏出世于治世，亦孰非修行徑路耶？」[86]

---

[82] 《珂雪齋集》卷之二十五，頁 1087。同卷〈與愚菴〉亦曰：「珍品種種，不敢過卻，稍暇當過蘭若，千萬不必至寓，吾輩豈以苛禮相煩耶」，頁 1068。

[83] 《珂雪齋集》卷之二十五，頁 1080。

[84] 《珂雪齋集》卷之二十三，頁 975-976。

[85] 《珂雪齋集》卷之二十四，頁 1038。同卷〈答李布政夢白〉曰：「尊兄世間法如此亨泰，又于出世間法已有所入，真天地間有福人，非多生薰修，安得有此」，

　　然而混沌時局中，無法早日及第，又不願卑躬屈節，致使小修積極入世之思，轉趨「吏隱」[87]，祈能藏愚守拙。〈答韓求仲〉曰：「如此世界，陸沉下僚，以官為隱，亦何不可。我輩只要有壽，不經世則垂世出世，儘有生活也。」[88]〈答錢受之〉云：「弟大對名次最後，當為縣令。縣令于弟不宜，幸有館選一途可以藏拙；然秘書有限，非不競之地，恐亦未可必得也。……青氈我家舊物，尤與嬾拙之人相宜。……大端我輩畢竟是一肚不合時宜，弟入閩數月，已悉知之矣。況世道日下，好以議論相磨戛，即不能效鳥飛魚沉，為長往之計，而庶幾處非仕非隱間，聊以藏身而玩世。四五年間，得列郎署，山資稍足，便脫身歸矣。館職亦自好，只是借債太多，恐身子不得脫。然受之勸弟俯就之，就之而得固欣然，就之而失亦可喜也。」[89]〈答張休寧〉云：「仁兄日來譽望俞隆，弟竊為喜慰。今天下多事，朝署空虛，正借老成練達之品，以康濟時艱，仁兄豈可戀戀丘壑也？弟一官鹿鹿，自甘守拙，日來多病，為河魚之疾（腹瀉）所苦，累月不休。還山株守，弟之素志耳。」[90]〈寄沈益吾〉曰：「弟已甘守拙，楚楚青氈之間，枋榆小鳥，控地自憐，不敢與翼若垂天之雲者道也。」[91]

頁 1039。

[86]　《珂雪齋集》卷之二十五，頁 1060。

[87]　（梁）昭明太子蕭統選・（唐）李善等註：《文選》（北市：華正書局，民國 65 年）第二十二卷・（東晉）王康琚〈反招隱詩〉：「小隱隱陵藪，大隱隱朝市。伯夷竄首陽，老聃伏柱史」，頁 402 上。

[88]　《珂雪齋集》卷之二十五，頁 1067。

[89]　《珂雪齋集》卷之二十五，頁 1072-1073。同卷〈答德州守謝容城〉：「弟入太學一年三個月矣，……今聞可陞，又未知若何也。然弟聊處仕隱之間，本無大志，得一轉即飄然矣。歸耕一語，是弟輩事，恐仁臺猶未也」，頁 1099。

[90]　《珂雪齋集》卷之二十五，頁 1099。

[91]　《珂雪齋集》卷之二十五，頁 1100。

　　小修晚年猶對「豪邁英雄」充滿歆羨嚮往之情[92]，迫於現實，卻不得不藉「棲隱」[93]山水，「以磨雄心而消磊塊」[94]。

（二）風趣幽默、狂狷坦直

　　袁中道生性幽默，於尺牘小品間，易見其風趣情致，使平常絮語，展現畫龍點睛之效。如〈寄雲浦〉末，以「適從村中歸，特遣小价致數種山青水綠人事，萬惟叱存」[95]作結，妙不可言。寫給兒子袁祈年的小箋云：「從六月初一日即食素起，以山中無他物，正好食素也」[96]，苦中作樂，亦顯豁達。在給摯友雷思霈的信中，打趣道：「弟已戒酒矣，稍

---

[92] 《珂雪齋集》卷之二十四〈寄長孺〉：「冀滄嶼來，得手書并出塞詩，真壯士也！地方風景如何？沙黃草淺，走馬平原中，箭如餓鴟叫，亦足快人，但恐落落友生耳。弟自中郎去後，鬱鬱無歡。去歲一病半載，幾作夜臺之游。殘臘始慶再生，終是怯弱，不復往日健子光景矣。酒懲已，久斷，雖愛山水，出無濟勝之具，惟有喃喃六字，作往生津梁耳」，頁1043。

[93] 在小修晚年尺牘中，「棲隱」一語屢見，如：《珂雪齋集》卷之二十三〈與劉計部〉：「然弟近來頗有棲隱之志，……行年四十餘矣，世界滋味，已盡嘗過，只是如此而已。況骨肉壽命，俱如槿華，恐生死到來，做手腳不迭」，頁1002；〈與雷太史〉：「弟棲隱之志頗決」，頁1002；卷之二十四〈寄錢太史受之〉：「夫天下之可以自由者，莫如棲隱山林」，頁1010；〈寄林伯雨〉：「弟賦命奇窮，老親條爾見捐，無心世緣，將棲隱山水，永作苦行頭陀矣」，頁1023；卷之二十五〈寄受之〉：「二十餘年，哀魂悸魄，思歸山中少息。恨吾受之相隔千里外，不得共晤言，消永日耳。退藏是大便宜處，想亦見及此也」，頁1077。

[94] 《珂雪齋集》卷之二十五〈答蔡觀察〉：「生一官落魄，心愛南中山水秀麗，意欲吏隱於此，偶有儀曹一部，求而得之。……追思兩兄及慎軒先生在時，每以晤言消永日，清風朗月，不覺岑寂。今來此（南京）鬱鬱，有如斷鴈；每過舊日酒壚，輒淫淫淚下；故一年居諸，以日為歲。今幸借六朝佳麗舊地，以磨雄心而消磊塊，一付意根置之閒曠之地。所謂不必負不能負之擔，已永釋矣！生自信無誑語也。老公祖方體圓用，得時則駕。朝廷倚仗，生民望澤，豈可與么麼小子譚進退而校棲隱哉」，頁1098。

[95] 《珂雪齋集》卷之二十四，頁1012。

[96] 《珂雪齋集》卷之二十四〈寄祈年〉，頁1022。

飲地黃五加皮酒。至於慾將永戒之。聞仁兄又納新姬，真有力健兒，羨羨！」[97]關心丘坦近況，則曰：「半年以來，竟不得兄一消息！……日來興致若何，囊中得無羞澀否？」「半年不得兄一字，甚念，甚念！……兄官況畢竟如何，身上無債否？如無債，可陸沉度日。」[98]笑問間隱含酸楚，明季為官之難，不言而喻。

　　「天下止有三等人：其一等為聖賢、其二等為豪傑、其三等則庸人也」，小修自剖屬「丰稜氣燄未能渾融」之豪傑，「挺然任天下事，而一身之利害有所不問」；不過，「人不賞其高才奇氣，而反摘其微病小瑕，以擠之庸俗人之下」[99]，實讓人浩嘆世無具隻眼者。其〈寄祈年〉曰：「吾賦性坦直，不便忍嘿，與世人久處，必招慍尤。……且鳳皇不與凡鳥同羣，麒麟不代凡駟伏櫪。大丈夫既不能為名世碩人，洗蕩乾坤；即當居高山之頂，目視雲漢，手捫星辰。必不隨羣逐隊，自取羞辱也。」[100]

　　當他人以昔視今來規勸小修戒絕食色之慾，其亦無法輕鬆面對，乃全力嘲諷反擊[101]，並強逼對方先作出示範，〈答陶孝若〉曰：「相別久矣！前者過門不入，意兄之忘弟也；今讀來札，尚未忘弟也。弟伏枕一年有餘，近日始調暢。慾以半年計，酒以一勺計。弟自謂世念漸灰，可以入道也；而兄喃喃滿紙，豈猶以昔我相視也？豈謬意其必如是，而勉為戒救耶？弟之事障未除，誠不足道，而學道者必欲盡除事障而後可，則兄

[97] 《珂雪齋集》卷之二十三〈與雷何思〉，頁982。
[98] 《珂雪齋集》卷之二十四〈寄長孺〉，頁1030。
[99] 《珂雪齋集》卷之二十三〈報伯修兄〉，頁970。
[100] 《珂雪齋集》卷之二十四，頁1017-1018。卷之二十五〈與梅長公〉：「看來世間自有一種世外之音，畢竟與世間應酬不來。弟纏入仕途，已覺不堪矣。榮途無涯，年壽有限，弟自謂了卻頭巾債，足矣，足矣！升沉總不問也」，頁1080。
[101] 若面對門生後學，小修則另有一番教誨，《珂雪齋集》卷之二十五〈答寋素業門人〉：「人生謗論，無非宿業，附之一忍，足以了之。以道眼諦觀，不直一笑。兄丈解此久矣，何足挂胸次乎」，頁1081。

何不直入深山，而猶然冠進賢圖升斗耶？猶然不捨周妻何肉耶？若猶然不捨周妻何肉，則皆未具戒也。皆未具戒，則但當苦參密究，而不必拘拘求之形跡間矣。千里相訊，兄作此語，可謂真切。想此時必棄官、絕妻子，入山林矣；必薙去鬚髮，作老頭陀矣。一佛去世，大可喜也！弟試目俟之矣。」[102]

（三）安閒習靜、尚樂喜友

〈寄石洋〉曰：「弟選應作令，今當改教。年已望五，浮沉郎署間以老足矣，無顯貴人之想也。非仕非隱之間，可以閒卻意根究性命事，便為大樂。弟於杯勺粉黛已無緣矣，非心能了之，力不能也，自不敢作少年調度。」又云：「弟粗了世局，聊獲一枝之安，升沉總不必論。……吾輩名利五慾種子，原成俱生惑業，即已亦不自覺，但借法水時時灌溉，差為減擔耳。弟比來體中甚康太，如色慾事，非人能斷，實天使之不得不斷也。何也？力不能也。百事減盡，惟不能忘情於聲歌，留此以娛餘生，或秀媚精進中所不礙耳。」[103]袁小修念茲在茲之「色慾事」，終因「天使之不得不斷也」，而官場之發展，隱有定數，非個人所能左右，故而更能安享閒靜修為[104]；其〈復羅生〉曰：「年至半百，作青山綠水

---

[102]《珂雪齋集》卷之二十五，頁 1067-1068。

[103]《珂雪齋集》卷之二十五，頁 1082-1083。

[104]其實自隨袁伯修參究華梵諸典、鑽研心性之說後，小修始終標榜「靜」字，如《珂雪齋集》卷之二十三〈寄黃慎軒〉：「出處之間，原不宜有所意必，惟當相時而動。但得直見自心休歇得去，則糞草堆頭，拾得無價寶，作一瀟灑大自在閒人，豈不樂哉？……若學道者，順逆好醜情態尚與眾人一樣，則何貴學道，弄得一團智解？……千里寄書，止此一事要緊，區區寒暄，不足道也」，頁 990；同卷〈寄長石〉：「弟以（萬曆三十七年，1609，九月）十三日至都，已暮；十四日即為元定邀去喫早飯，遂飲至暮。……月餘在酒肉場中，雖笑無歡，今復靜坐，理會自己千萬劫大事，且看諸大儒意旨，大有瀟然處。……人生無幾，只此一段快活為

中主人，不為五斗折腰，誠為高見。世途無涯，以為足無不足矣，以為不足無足時矣。」[105]而回覆度門寺住持無跡禪師函中云：「人生七十，身體康泰，以此餘生，念佛薰修，得生安養，即是世間討便宜大有福人。」[106]〈寄梅長公〉亦曰：「天下事不可知，先兄捐棄之後，家嚴繼之，四五年後，弟便是一白髮老翁，與棲隱有分，與進取似無緣矣。然以絕意世路之故，微得些淡泊閒靜消息。彼造物者，能窮我矣，然不能使我不讀書、使我不看山水、使我不學道也。得其一已足消遣，況兼有之乎？」[107]

話雖如此，在寄與夏道甫的信中，卻有另類生活情態呈現，令人莞爾：「山中清寂，……木樹較前益深、泉更響。小菴收拾已完，明窗淨几，掃地焚香讀書，……山中極宜大爆竹，每放一爆，則響半日始息。千萬覓百十箇，附大雲或小价寄來，至禱，至禱！」[108]〈寄雲浦〉書曰：「弟今歲自春至夏，皆作山游，寂寞久，偶邇詩酒之緣，一迷月餘，始覺而逃之。乃知淨侶夾持之功最緊、最緊。」[109]

古人云「願得素心人，樂與共晨夕」[110]，小修一直深信「天下好山水易得，好朋友難得」[111]，若「名山名賢在邇，一舍之勞而恝然不一往，

實受用，若不徹悟，心體妄想起滅，役盡人世光陰也」，頁 994；同卷〈寄顧太史〉：「先生靜居山中，有性命可究，有書可讀，有山水可遊適，亦安往而不樂」，頁 1008；卷之二十四〈寄八舅〉：「山中已作久住計，……大約山水中靜坐，極清閒快樂」，頁 1014；同卷〈寄長孺〉：「弟已皓首皺面、皤然一老；兄長我六歲，豈能長作白描關公耶？家計稍有次第，早歸來，作水邊林下一閒人可也」，頁 1044；但理想與現實、想做與做到，終究有極大距離。

[105]《珂雪齋集》卷之二十三，頁 995。
[106]《珂雪齋集》卷之二十四〈答無跡師〉，頁 1037。
[107]《珂雪齋集》卷之二十四，頁 1031。
[108]《珂雪齋集》卷之二十四〈寄夏道甫〉，頁 1023-1024。
[109]《珂雪齋集》卷之二十四，頁 1036。
[110]《珂雪齋集》卷之二十三〈答張聚垣〉，頁 987。

與過名山而不一登涉者，其俗有甚焉」[112]。〈寄雲浦〉曰：「仁兄歸來，弟即擬走小龍湖領教，但繡斧新歸，自有一番應酬，俟小定即當棹一舟來。此中積懷萬斛，恨不得即傾倒也。至于暑海，實所不長，得聆知己之談，說甚龍皮扇乎！」[113]〈寄王章甫〉曰：「一聞兄將至，不勝喜慰。數日內風雨大作，長江之險不敢即渡，雨止即來。……但微示霽色，弟即飛來，且以小舟送仁兄於岳陽樓前作別耳。」[114]顧不得暑氣下有沒有颯然生風之寶扇，也不管天惡江險舟小之危殆，若逢知己，必飛奔相會的熱忱[115]，千古猶溫。若與良朋不得盡享聚首之樂，則寄望飛鴻魚雁代傳心聲，如致錢謙益之數箋中[116]，即反覆重申斯意。

四·結語

明·馮夢禎〈叙七子尺牘〉云：「原夫尺牘之為道，敘情最真而致用甚博。本無師匠，瑩自心神；語不費餘，片辭可寶；意不涉泛，千言

---

[111]《珂雪齋集》卷之二十四〈寄無跡〉，頁 1034。

[112]《珂雪齋集》卷之二十五〈答呂弱石司理〉，頁 1094。

[113]《珂雪齋集》卷之二十四，頁 1012。

[114]《珂雪齋集》卷之二十四，頁 1019。

[115] 又如：《珂雪齋集》卷之二十三〈答蘇雲浦〉：「騶從至公安聚譚數日，亦是快事」，頁 979；〈與雷何思〉：「弟聞僊踪在君章宅畔，即欲飛渡長江，雖時方病脾，弗顧也。……知己聚首，足快平生」，頁 981。

[116]《珂雪齋集》卷之二十四〈答錢受之〉：「故人書信斷絕已久，惟受之不忘我，且作長語相反覆，此誼豈可易得」，頁 1028；〈答錢太史受之〉：「弟之懷想仁兄甚切，……不知聚首何時，念之，念之」，頁 1040；卷之二十五〈與錢受之〉：「孫漢卿來，得尊札，娓娓讀之，惟恐其易盡也。備知道履清泰，不勝喜慰；第早早一第，書債已完，形雖甚忙，神則甚閒，所恨無開口處耳。比來應世，亦覺直腸健骨，大有幾分不合時宜，果有同受之所云者，則我兩人豈獨同心乎？且同病矣。『退藏』一着，的係我輩護身符也」，頁 1102。

足述。」[117]清‧周亮工輯《尺牘新鈔‧選例》曰:「尺牘為一時揮翰之文,非關著作。或興會所至,濡染逾涯;或繁賾交紛,拖沓累幅。」[118]自古以來,「尺牘」均非關鍵文類,卻是作者易顯本然情性之文學載體,故由小修之尺牘,最能掌握其內外神韻樣貌,亦可供研究其散文小品之輔。

本篇發表於:《中國文化大學中文學報》第十七期

民國九十七年十月　頁 1-18

---

[117] (明)馮夢禎撰:《快雪堂集》(明萬曆丙辰——44 年,1616,黃汝亨等金陵刊本)卷之一,篇名為〈叙七子尺牘〉,目次則作〈七子尺牘序〉,葉十二。

[118] 《百部叢書集成》(初編第 60 冊,據清道光潘仕成輯刊海山仙館叢書本影印,臺北板橋:藝文印書館,民國 57 年),葉三。

參、試探袁小修遊記小品的修辭章法

【摘要】先簡介「公安三袁」與「公安派」，再概述袁中道（小修）作品結集情況與遊記小品，繼而分析統整其遊記小品之修辭技巧、章法佈局，最後為結語。

【關鍵詞】袁中道（袁小修）、遊記小品、修辭、章法

一‧前言

　　袁中道字小修，號柴紫居士，晚號鳧隱居士；明穆宗隆慶四年（西元 1570 年）五月初七[1]生於湖廣公安（今湖北省公安縣）長安村[2]，卒於明熹宗天啟六年（1626）[3]，得年五十七。其十餘歲作〈黃山賦〉、〈雪

---

[1] （明）袁中道著、錢伯城點校，《珂雪齋集》（上海：上海古籍出版社，1989 年），此以萬曆 46 年（1618）24 卷《珂雪齋前集》為底本，再彙合 10 卷《珂雪齋近集》、24 卷《珂雪齋集選》及 13 卷《珂雪齋外集遊居柿錄》而成。——今據此三冊《珂雪齋集》，以研討袁小修之作品，不另詳註（標點時或略作更動）。
　《珂雪齋遊居柿錄》卷之十三，第 48 則：「五月初七日，為予生辰。是日，覓遊舟放生于河西，食素」，頁 1407。

[2] 《珂雪齋集》《珂雪齋遊居柿錄》卷之八，第 124 則：「初，大人與兩兄皆居邑長安村中（今孟溪鎮孟溪村）；伯修第後，大人始營一宅于城中石浦河西岸」，頁 1299。

[3] 康昌泰先生據清‧咸豐版《袁氏族譜》，認為小修生卒年應是西元 1570-1626 年，見於湖北公安派文學研究會編，《晚明文學革新派公安三袁研究》‧〈關於袁中道

賦〉五千餘言，早慧享美譽，卻屢困場屋，萬曆三十一年（1603）始登
賢書，〈送蘭生序〉中自嘆：「三十四而舉於鄉，海內不熟予者，競以予
為宿儒。蓋因予名早著，而疑其年」[4]，且遲至萬曆四十四年（1616）
四十七歲，方得廁身進士行列；四十六年（1618）授徽州府教授，次年
任國子博士，又轉任南京禮部主事，卒於南京吏部郎中任上[5]。

　　其父袁士瑜，十五歲赴童子試榮膺榜首，以「廩生」抱憾而終；娶
妻河南布政使龔大器（嘉靖二十至三十四年間，大器為袁氏家塾之西
席；三十五年，1556，高中進士）之女，生有一女三子[6]。小修與兩位
兄長並稱「公安三袁」：長兄袁宗道穩實溫良，字伯修，號石浦，二十
七歲中會元，殿試二甲第一（在三鼎甲之後，即第四名），賜進士出身，
入選翰林院為庶吉士，歷任編修、東宮講官等職，官位顯赫，清廉耿介[7]，
得年四十一（嘉靖三十九～萬曆二十八年，1560-1600）；二哥袁宏道才
調英特，字中郎，號石公，二十五歲（萬曆二十年、1592）即成進士，
然僅中三甲第九十二名，不得不屈就吳縣縣令等小官，時仕時隱，四十
三歲病故（隆慶二～萬曆三十八年，1568-1610）。

生卒年小考〉（湖北：華中師範大學出版社，1987年），頁299。

[4]　《珂雪齋集》卷之九，頁448。

[5]　（清）張廷玉等奉敕修，《明史》卷二八八・〈列傳〉一七六・「文苑四」（《原文
電子版・文淵閣四庫全書》・「史部・正史類」，武漢：武漢大學出版社，1997年），
葉十六。

[6]　《珂雪齋集》卷之九，〈壽大姊五十序〉：「予同母兄弟四人，其一為姊。姊兄伯
修，而弟中郎及予。少以失母，故最相憐愛。……姊性端重，匿影藏聲，一一遵
《女戒》。獨好文，強記穎悟。大人每見而嘆曰：『惜哉不為男子！』及長，歸于
毛氏」，頁431。

[7]　《珂雪齋集》卷之十七，〈石浦先生傳〉：「生平卻百金者累累，或饋遺至十金，
則惶愧不受。卒於官（東宮講官），棺木皆門生斂金成之。檢囊中，僅得數金。
及妻孥歸，不能具裝，乃盡賣生平書畫几硯之類，始得歸。歸尚無宅可居，其清
如此」，頁710。

　　明中葉以後，前七子（李夢陽、何景明等）主張「文自西京、詩自中唐而下，一切吐棄」[8]，後七子（王世貞、李攀龍等）標榜「文主秦漢，詩規盛唐」[9]，以側重形式之復古、擬古，試圖改革明初以來臺閣體嘽緩冗澀、浮誇粉飾之弊，反而造成「假古人」寫「假古文」的偏頗現象。神宗萬曆年間，公安三袁提出「獨抒性靈，不拘格套，非從自己胸臆流出，不肯下筆」[10]的文學革新口號，反對貴古、復古與襲古，突顯作者的膽氣、識見與韻趣，認為「以意役法，不以法役意，一洗應酬格套之習，而詩文之精光始出。……至於今天下之慧人才士，始知心靈無涯，搜之愈出；相與各呈其奇，而互窮其變，然後人人有一段真面目溢露於楮筆之間」[11]，透過結社、問學、遊歷等方式，形成了以袁中郎為首的文學集團——「公安派」。

二‧文集與遊記

　　三袁昆仲中，袁小修享年最長，著作也最豐，其〈答錢受之〉書云：「弟前歲（萬曆四十二年，1614）一病幾殆，故取近作壽之于梓，名為《珂雪齋集》。蓋弟有齋名『珂雪』（潔白如玉似雪），取《觀經》（《佛說觀無量壽經》）『觀如來白毫相如珂雪』意也」[12]。又因「近轉覺其冗濫，不欲流通，正思取一生詩文之精警者，合為一集」[13]，遂有天啟二

[8]　同註5，《明史》卷二八五‧〈列傳一七三‧文苑傳序〉，葉一。
[9]　同註5。
[10]　明‧袁宏道，《袁中郎全集》——《袁中郎文鈔》‧〈序文‧敘小修詩〉（台北：世界書局，民79），頁5。
[11]　《珂雪齋集》卷之十一，〈中郎先生全集序〉，頁522。
[12]　《珂雪齋集》卷之二十五，頁1073。
[13]　同前註。

年（1622）重九日刊刻之《珂雪齋集選》二十四卷。小修〈珂雪齋集選序〉曰：「予詩文若干卷，外集若干卷，刻於新安。後官太學博士，攜之而北；及改南儀曹，遂留京師，已付友人汪惟修南歸舟中，不意行至河西務，偶有火變，板遂燬。又一年，惟修與友人刻予所選詩若干卷，且成，問序於予。……予姑聽其流布焉，而並爲之序」[14]，此選集一出，先前鑴刻之本流傳漸稀。

《明史》卷二八八·〈列傳一七六·文苑四〉記載：「小修……長益豪邁，從兩兄宦遊京師，多交四方名士，足跡半天下」[15]，其〈東遊記四〉曰：「追憶萬曆癸巳（21年，1593），伯修、中郎與予，同至西陵訪友過此（墨山）。予行間著〈東遊記〉[16]，極言此山之奇，蓋予時年少，未見諸名勝也。後甲午（萬曆22年，1594）、丁酉（萬曆25年，1597），兩度應省試，皆由漢，不由江，重見此山，已隔十七年矣。」[17]，〈西山十記之十〉曰：「年二十時，即從長江歷吳會，窮覽越嶠之勝，北走塞上，登恆山石脂峰，望單于而還。」[18]。除應試請益、賞玩訪友外，袁小修常藉優遊山水來避擾解煩、切磋參求，〈東遊記一〉曰：「家累逼迫，外緣倥傯，俗客濁擾，了無閒時[19]，以此欲離家遠遊。一者吳越山水，可以滌浣俗腸；二者良朋勝友，上之以學問相印證，次之以晤言消永日。人生有幾，當趁色力健時了之；一旦老病漸侵，即效宗少文（炳）臥遊

---

[14] 《珂雪齋集》頁23。

[15] 同註5，葉十六。

[16] 未收入《珂雪齋集》中。

[17] 《珂雪齋集》卷之十三，頁566。

[18] 《珂雪齋集》卷之十二，頁541。

[19] 《珂雪齋集》卷之十三，〈東遊記十七〉：「篔簹谷中，非不清寂，然晨起梳櫛後，纔看數語，非有不料之人來，即有不意之事至。酒人狎友，近鄰遠客，翾之不置，絕之不能」，頁579。

故事，亦已寂寞矣。」[20]晚年更認為「質有而趣靈者，莫如山水，而常苦其不相湊，得其一，即可以送目而娛老」[21]，「逃之山水間，可以息業養神」[22]。

　　然而，小修認為暢遊後必得作「記」，方臻圓滿，《珂雪齋遊居柿錄》卷之十・第 9 則：「惟先兄中郎，其遊極概括無遺，而又不作記，是皆缺典」[23]，故於小修散文中，「遊記小品」比重甚高，集中在《珂雪齋集》十二卷至十六卷[24]內，經其自行汰選，約存百廿餘篇，主要是「而立」至「不惑」之年間的創作。

三・遊記小品的修辭章法

　　袁小修遊記小品之佳篇，修辭技巧、章法佈局一任自然，已臻化境。如卷之十二〈西山十記一〉[25]，其「摹寫」[26]多具動感，分就視覺、聽覺、嗅覺、觸覺著筆，情景交融；運用虛寫、實寫相錯成文，趣韻兼具；且以濃縮速寫之四字句為主，間雜長短句，組織成篇，譜出散整有致、張弛有度的節奏律動；也穿插使用了「譬喻」、「比擬」、「轉品」、「借代」、

---

[20] 《珂雪齋集》卷之十三，頁 563。

[21] 《珂雪齋集》卷之十四，〈捲雪樓記〉，頁 624。

[22] 《珂雪齋集》卷之十四，〈從沙市至度門記〉，頁 628。

[23] 《珂雪齋集》・《珂雪齋遊居柿錄》卷之十，頁 1326。

[24] 「卷之十六」末〈龔春所公傳〉與〈萬瑩傳〉，應歸入「卷之十七」中。

[25] 《珂雪齋集》頁 535。

[26] 參考諸大家修辭學專著對修辭法之定義與詮釋，如：沈謙：《修辭學》（北縣：空中大學，民 80 年）、陳望道：《修辭學發凡》（高雄：復文，民 78 年）、黃慶萱：《修辭學》（台北：三民，民 79 年）、董季棠：《修辭析論》（台北：益智，民 74 年）、蔡宗陽：《修辭學探微》（台北：文史哲，民 90 年）、駱小所：《現代修辭學》（昆明：雲南人民，1994 年）等。

「對偶」、「排比」、「疊字」、「鑲嵌」等修辭技巧，讓 253 字的短文，充分展現「田家之樂」的「示現」效果。

〈西山十記一〉開篇即藉「『出』西直門」、「『過』高梁橋」、「『過』響水閘」、「『至』龍潭堤」、「『憩』青龍橋」、「『降臨水行』，『至』功德寺」，移步換景，將靜態地點用動詞串聯，呈現遊賞之流暢動感。眼見依依楊柳、清澄溪水、林間禪剎、蔭中朱戶、古柏石級、嵐霧畦畛、山閣村落，均是由近及遠仰觀俯察而得；但視覺的描繪，也不捐細處，「洞見沙石」、「蘊藻縈蔓，蠪走帶牽」、「小魚尾遊，翕忽跳達」、「道人執畚者，錘者，帶笠者」、「老僧持杖散步塍間」，盡收眼底，俱入筆下。沿途「鳥鳴花落」、「水聲汩汩（應作『汩汩』）」、寺僧「野歌而歸」，「群蛙偕鳴」，宛若天籟。通篇實筆中，更穿插一小段虛筆──「每至盛夏之月，芙蓉十里如錦，香風芬馥，士女駢闐，臨流泛觴，最為勝處矣」──彷彿可以目睹西湖盛夏士女群集賞荷酌觴的盛況，盈耳喧囂、鼻端芳香、拂體夏風猶似縈繞；今昔對比、實虛相生的行文效果驟現。

小修把十里芙蓉譬喻為錦緞，水草蔓生擬人化作「蠪走帶牽」，山腰之閣比擬成群峰「縈抱屏立」。而「『帶』以清溪」之「帶」，是將名詞轉品作形容詞用；「『洞』見沙石」之「洞」，是將名詞轉作副詞；「小魚『尾』遊」，是將名詞「尾巴」變作副詞「搖擺狀」；「叢『翠』之中，隱見村落」，則拿形容色澤之「翠」字，轉作「綠樹」使用。並將「貴家豪族」借代作「朱戶」，「西湖湖水」借代成「一鏡」。

文中尚有汩汩（應作『汩汩』）之疊字運用，加上「香風芬馥，士女駢闐」的對偶句，及嵌了「益」字的排比句「樹益茂，水益闊」，皆使小修遊記韻律感倍增。同時，除明白寫出「綠」葉蒼鬱、下覆「朱」戶、水田浩「白」的顏色，更在山水巖石、樹花禽魚、城池宅舍、廟宇堤橋、各種人物衣著器物上，包蘊無限色彩。

（一）綜觀袁小修遊記小品，最愛使用**「譬喻」**修辭，以模山範水、刻劃人情事物，亦最見功力。茲分卷論述於後：

【卷之十二】

1.「憩（香山）左側來青軒，盡得峰勢，『右如舒臂，左乃曲抱』。」——擬人之明喻〈西山十記三〉[27]

2.「涉（彰觀山）顛見領披諸山，松雲嬌姹，惟此『如小兒頭上髻』，樹不能障，可望遠水『如聚雪』。」——擬人、擬物之明喻〈澧遊記一〉[28]

3.「過清化驛，見山色波頭起伏，遠黛可餐，『如撥筍解籜』。……數日來，山路『升若梯雲，俯若繘井』，……一日中（藥山）數隱數現，『如相與為迷藏之戲』。……（榮邸園）遠望『山松如城』，……中峰壁立，兩山環抱，『袖搴帷合』，層不可數。……漸近繡壁千丈，『有若屏几』。」——擬物、擬人之明喻、略喻〈過藥山大龍山記〉[29]

4.「（玉泉）山根中時出清泉，激噴巉石中，『悄然如語』。」——擬人之明喻〈西山十記二〉[30]

5.「坐（仙眠）洲上，看『水紋如練，聲等哀玉』，為之徘徊不能去。」——擬物之明喻、隱喻〈澧遊記二〉[31]

---

[27] 《珂雪齋集》頁 536。
[28] 《珂雪齋集》頁 551。
[29] 《珂雪齋集》頁 554。
餘如：「（山）若牆」，頁 544；「（山裂）如人張口」、「（洞裂）若人下唇微豐者」、「（蛇行至洞）若口角然」，頁 545；「層峰相接處，唇忽出」，頁 551；「（諸山）如列髻可數」，頁 552 等。
[30] 《珂雪齋集》頁 536。
[31] 《珂雪齋集》頁 553。
餘如：「兩山夾江若練，如從大道折入永巷中」，頁 544；「澄江如委練」、「激濤若雪」，頁 554 等。

　　另外，〈塞遊記〉[32]中把蜿蜒長城喻「如一縷素絲」，形色相類，卻軟硬易位；〈聽雨堂記〉[33]批評蘇軾年老方學陶潛，「是賊去而彎弓也」，不論確當與否，興味已盎然。[34]

【卷之十三】

1.「孤峰下引，『若龍象之飲于江』，其鼻端方營浮圖未成。」──擬物之明喻〈遊德山記〉[35]

2.「湖畔見君山，『如長眉一抹』，隱見雪浪中。」──擬物之明喻〈東遊記五〉[36]

3.「（金）山下信『如荷柄』，……第『以一柄載豐顱』，……恐荷柄忽折，將奈何？」──擬物、擬人之明喻、略喻〈東遊記二十七〉[37]

4.「沿水『竹箭而下』，……（茶山）兩岸多峰巒，旁溪『若織』，甚可泛。」──擬物之略喻、明喻〈遊德山記〉[38]

5.「今日雨滴江中，晶晶『如撒珠』。」──擬物之明喻〈東遊記十八〉[39]

---

[32]　《珂雪齋集》頁 529。

[33]　《珂雪齋集》頁 530。

[34]　餘如：「楓葉紅酣如錦」，頁 532；「（子瞻）徘徊公卿間，如食蔗然」，頁 534；「兩岸垂柳，帶拂清波；石梁如雪，雁齒相次」，頁 536；「樓閣流丹，則固皆几席間物」、「如在揚子舟中，駕風帆破白頭浪」，頁 539 等。

[35]　《珂雪齋集》頁 557。

[36]　《珂雪齋集》頁 567。

[37]　《珂雪齋集》頁 589。
　　　餘如：「四維皆山，如虎落圍之」，頁 557；「懸巖如削」，頁 574；「前山如象鼻迴繞」，頁 592 等。

[38]　《珂雪齋集》頁 557。

[39]　《珂雪齋集》頁 579。
　　　餘如：「大江如積雪」，頁 587；「（金山）上如荷葉之浮，而下如荷柄」，頁 589 等。

〈遊德山記〉[40]云：「大都山以樹而妍，以石而蒼，以水而活。」故該〈記〉首段即寫到：「捨舟登山，有老樹五六株，盤結石巖中，根磊磊『為怪石』。……寺內古柏二，『如青石』。」——將山上老樹古柏，譬喻為石，以顯其蒼勁。

〈遊桃源記〉[41]：「下（武）山，至山腳石根上少息，『石色如頹霞』。右一石，『如人吐舌』；左一石，『如郎當舞袖』。」——譬喻中展現了石頭的色澤亮度及俏皮婀娜之態。

〈東遊記二十四〉[42]：「舟泊燕子磯關壯繆廟前，兩山『如雙袖，一奉佛，一奉壯繆』，溪流間之。……登燕子磯，拾級而上，攀朱欄登亭，大江縈繞，『一拳』峙水端。與遊人指點金陵形勝：鍾山自東北而『展斾』於西南，大江自西南而『委練』於東北；覆舟阻其後，聚寶當其前；青龍、石砲『掖』其左，石頭、三山『踞』其右；而秦淮以『一縷』橫其中。……下山過橋，兩山忽開鐍『若門』。踰門，寺依巖傍江。石壁間乳懸『若蜂房蠟淚』，大『如楊惠之所塑楞伽壁也』。……午後遊人俱集，兩山皆綺羅，無隙地，笙歌『鼎沸』。日將暮，予移舟歸，見遊人往者方『如織』。宿于石頭城，……石色『如鐵』，雜苔斑，微月中視之，真『類虎踞』。」——全篇盡以明喻、略喻山石水人，組織成文。

小修更有將能者才子的事業神韻與山光水色巧相結合之妙喻——「古今事業，有從才出者，有從氣出者。惟（謝）安石從韻來，至簡至輕，『若山光水色，可見而不可攬』。自汾水喪堯以來，別有一種玄澹脈絡，春風沂水，即其流派。」〈東遊記二十三〉[43]

---

[40] 同註33，頁557。
[41] 《珂雪齋集》頁557。
[42] 《珂雪齋集》頁586。
[43] 《珂雪齋集》頁585。

【卷之十四】

1. 「『了了見太行，『若雕刻人馬虎豹、花鳥蟲魚之屬』，甚可愛玩。……崖色冷碧，『有若積鐵』，時出冶雲幻霞。」──擬物之明喻〈南歸日記〉[44]

2. 「（龍蓋）山『如龜背起』，……『如象蹲』。……遠視華容、東山、玄石諸山『如潑墨』。」──擬物之明喻〈遊龍蓋山記〉[45]

3. 「兩山峰巒，『列髻而出』，江流晶晶。」──結合借代之擬人略喻〈石首城內山園記〉[46]

4. 「水汹湧直下，注射拳石，石崿崿力抵其鋒，而水與石始『若相持而戰』。……以水戰石，……石『若不能無少讓者』。而以石戰水，……『如負如北』。……靜聽水石相搏，大『如旱雷』，小『如哀玉』。而細

餘如：「大江積雪，圍繞郡城，若浮芥」，頁 558；「沸水聲如雷」、「（魚梁）密若魚網，惟前若蝦鬚」，頁 559；「（綠蘿山）辣峭瘦削，若有銛刃，不可迫視」、「（梅花）如積雪照耀空谷」、「兩山中裂若永巷」、「流泉鏗然，如玉雪鳴」，頁 560；「（壁）中穿如大圓鏡」、「（疊疊群山）宛似香象截流而渡」、「（水心巖）有若博山爐孤峙水上」、「巖四周直上如削」、「岸石突兀如虎豹」，頁 562；「魚網溪穿山中，如九曲珠」、「舟疾如飛」，頁 563；「巧取密伺，如偷兒之竊物」，頁 565；「光陰如駛」，頁 566；「（喬松）亭亭如偃蓋」，頁 569；「石室如舟」，頁 571；「一生如鵲，繞樹三匝無依」，頁 572；「懸巖如削」，頁 574；「（街道）如鏡光瑩」、「樹如螺黛」，頁 582；「簫鼓若沸」、「水閣櫛比，中如珂雪」、「方聞清歌，玉碎珠串」、「（理解禪理）必如蓮花出水，不著一滴」，頁 584；「道如拭」，頁 585；「秀壁如林」、「名士如沙」，頁 586；「日如炙」，頁 589 等。

[44] 《珂雪齋集》頁 614。

[45] 《珂雪齋集》頁 598。

[46] 《珂雪齋集》頁 599。

餘如：「郎山、松山，髻立穎岊」，頁 603；「一竇如永巷」，頁 616；「（山）展旆飛艟」，頁 617；「石凜凜如刀劍」，頁 622 等。

睇之，或『形如鐘鼎』，『色如雲霞』，『文如篆籀』。」──擬人、擬物
之明喻〈遊石首繡林山記〉[47]

5.「水澄澈見石底，萬年苔及菰蒲生其上，……時露石板『如綠霧』。」
──擬物之明喻〈南歸日記〉[48]

　　其他如：〈過真州記〉中，小修寫到趙州院有吳道子畫水壁，「洶洶
作奔屋之勢」[49]，運用隱喻技巧使之栩栩如生；並結合借代與明喻──
以稱美曹操天縱以奇譎之機智，「已如抱干將、太阿于肺腑」[50]；強調「隱
士文士，皆國家之鬚眉也」，「舉世貪功名『如膏火』，亦宜禮一二隱逸
之士，以獎恬靜」[51]。

【卷之十五】

1.「出當陽城西，陟重阜，見諸山『纍負象峙』；而其中一峰，尊特竦秀，
『氣宇如王』，『妍美如冠』者，即玉泉山也。其上時有異氣，非烟非
霧，『如兜羅緜』，與諸山特異。……近寺得嶺，『如龜背起』，村市駢
列。逾此……泉聲始屬，囓右壁半落『如赤霞』。左為諸山窮處，得圓
阜，以積鏐冶窣坡其上，『中如永巷』，是謂寺門。……正殿『依山如
屏』，『兩峰袖遶』，……上有紫雲，『輪囷如蓋』，……窟中石作珂色，
『懸乳如蠟淚』。前一壁，『如幻霞』，……石骨為泉所蝕，『作篆籀

---

[47] 《珂雪齋集》頁 597。
[48] 《珂雪齋集》頁 612。
餘如：「大江如積雪晃耀」，頁 625；「桃花水生如委練」，頁 626 等。
[49] 《珂雪齋集》頁 606。
[50] 《珂雪齋集》頁 609。
[51] 《珂雪齋集》頁 615。
餘如：「墓如崇阜」、「城如小盂」，頁 603；「城中空闊如郊野」，頁 604；「（刁酒）
清冽如泉」，頁 606；「木香花開如錦幄」，頁 618；「（承霤）如頭上髻」，頁 625；
「（樹）如飲食衣服，不可暫廢」、「筍出時，如盤如盂」，頁 627 等。

文』。……道旁怪石磊磊,『色或如墨如煙』,可坐可臥。」——擬物、擬人之略喻、明喻〈遊玉泉記〉[52]

2.「(鳳鳴山)『兩山如城』,青綠照人,……諸峰膚骨本末皆美石,千年苔痕溜跡傅之,『如冷金鏽鐵』。遠望山顛,『若鵊頭仰啄雲霄』,覺迫隘甚。……雨中持蓋溪間,西去得雙石峙立處『如扉』,……山『如鳳之將嘯』,名象其形,何必他有附會。」——擬物之明喻〈遊鳳鳴山記〉[53]

3.「十餘里外,望(鹿苑)『山色已如吹雲潑墨』,意甚躍然。……『兩山夾道如積鐵』,皆拔地插天。膚骨總石,『如削之壁』,時有凹凸花。其凹處容塵,『如爪甲泥』,……『巖如墨汁灑成』……大約兩掖之山,皆有『長袖下垂』。」——擬人、擬物之明喻、略喻〈遊鹿苑山記〉[54]

4.「泉得月,『如一溪濃雪』。」——擬物之明喻〈遊玉泉記〉[55]

5.「洞庭為沅湘等九水之委,當其涸時,『如匹練耳』;……而巴江之水,『捲雪轟雷』,自天上來。……九水始『若屏息斂衽』,而不敢與之爭。」——擬物、擬人之明喻、略喻〈遊君山記〉[56]

---

[52] 《珂雪齋集》頁 631。

[53] 《珂雪齋集》頁 646。

[54] 《珂雪齋集》頁 648。

　餘如:「一山如列屏」,頁 634;「望九子(山)如刻畫」,頁 635;「近南諸山,樹木沉鬱,有若鬙鬙」,頁 636;「兩峰特起,若象王迴顧」,頁 639;「有峰一壁,若燭淚下注」,頁 640;「(桃源洞)若大廈,上為亂雲封砌」,頁 641;「(紫蓋)山為三十六洞天,以南北二山,四垂如蓋」,頁 642;「玉泉(山)屹立,有若久客望故鄉」,頁 643;「諸山絕似蓮花,此(九子山)峰又蓮花出水之最高者」,頁 644;「出燕子沖,如戶闔忽開」、「山如象王排立」、「群山如破雲枕藉」,頁 645;「兩掖之山,如垂長袖」、「遠視此(君)山,直似長眉一抹」,頁 650;「君山如一雀尾罏」,頁 652;「一峰直下,如象鼻突止」、「前山如繡屏」、「山色如墨花淋漓」,頁 653;「山口如永巷」,頁 658;「諸峰若象兕罇踞」,頁 663 等。

[55] 《珂雪齋集》頁 634。

[56] 《珂雪齋集》頁 650。

　　小修遊記的「譬喻」修辭，屢見巧思，如：「（玉泉）山後一壁，舊多喬木，作殿（智者道場）時伐以資用，『正如剪髮紈衣』，甚可悼惜」[57]；「追憶十年前，與諸叔縱飲此地（孟溪），一吸百盞，『如得霜鷹』」[58]。因其喜愛賞鑑字畫[59]，故亦有饒富藝術眼光的巧譬，如〈堆藍亭記〉：「日就暮，藍氣愈深，『有如飽墨筆蘸淨水中，墨氣浮散水面，自成濃淡』。予愛玩之甚。」[60]〈玉泉閒遊記〉：「日向暮，復還亭上，看西山晚嵐。夕陽映射，薄霧縈拂，益其蒨倩，『如墨花盤鬱不散』。予謂李生曰：『此真王維破墨山也。』」[61]；〈遊岳陽樓記〉：「（洞庭湖）湖平于熨，時有小舫往來，如蠅頭細字，著鵝溪練上。」[62]〈玉泉拾遺記〉曰：「（關侯）廟東去數百步，渠內多石骨，為水所蝕，依稀皆『如擘窠大字』」[63]。無

<hr>

　　餘如：「過橋撫掌，（泉源）皆如珠串上沸」，頁 633；「至響水潭，若奔雷矣」，頁 636；「（南津港）波平如掌」，頁 650；「玉泉初如濺珠」，頁 655；「大江如雪」，頁 657 等。

[57] 同註 55，頁 632。

[58] 《珂雪齋集》〈泊夢溪記〉，頁 662。

[59] 《珂雪齋集》《珂雪齋遊居柿錄》卷之七・第 143 則：「大德寺在土城中，入寺，訊僧寺中羅漢。云共十七軸，半為住持舁之他去；餘六軸，神采煥發，宛有生氣，遠視益逼人。其絹素已裂，實元絹也。衣褶用筆極遒逸，上作水紋如髮。予展玩再四，真神物，不虛此一來矣。」，頁 1269。

[60] 《珂雪齋集》頁 637。

[61] 《珂雪齋集》頁 638。

　　另見：卷之十四，〈南歸日記〉：「如巷陌冰枝凍栟，宛似郭河陽鳥爪畫」，頁 603；卷之十六，〈遊太和記〉：「乃行澗中，兩山夾立處，雨點披麻斧劈諸皴，無不備具，灑墨錯繡，花草爛斑。……見南巖騰綠驚紅，大似小李將軍一幅橫披。」，頁 674；卷之十六，〈西山遊後記——高梁橋〉：「山陰似郭熙，此（西山）似黃荃」，頁 680。

[62] 《珂雪齋集》頁 652。

[63] 《珂雪齋集》頁 656。

　　餘如：「紫雲輪囷如蓋」，頁 631；「石骨為泉所蝕，作篆籀文」、「（道旁怪石）色或如墨如煙」，頁 633；「兩岸皆奇石，綠苔附生，秀縟若錦綺；石中時有軟莎，

怪乎，小修之遊侶讚曰：「君真山之顧虎頭矣！」[64]，晉代顧愷之，字「虎頭」，號稱「才、畫、痴」三絕。

【卷之十六】

1. 「西山別嶂忽開，『如兩袖之垂』。……（中峰）庵據最高處，望原隰『如在几前』。」──擬人、擬物之明喻〈西山遊後記──中峰庵〉[65]

2. 「循歙浦里許，即見黃山雲門峰，鋒鍔甚利，已與諸山仙凡隔也。游人乍見之，『有若山靈遣一使以逆客者』。……復見……乃隱……『有若三速客而退者』。……前有三峰，壁立『如美丈夫，修而瘦削』，『色如濃煙』，則紫石、硃砂、老人三奇峰也，『有若雁行序立以遲客者』。……已登（黃）山，硃砂峰出其右，老人峰出其左，『如相介以引客者』。……天都一峰，『如張圖畫』，『有若主人屏息良久而出見客者』。」──擬人、擬物之明喻〈游黃山記〉[66]

3. 「三海諸峰『如縷』，石筍『如琢』；三海『如鐘鼎』，石筍『如劍戟』。總之，至奇至幻，至靈至活。態窮百物，體具七情，『如諸大士為主，

葉如長瓜，依稀似仙掌茶」、「一童子以石丸渡，至響水潭，若奔雷矣」、「青石突出為蓋」、「牆外青石如碧煙」、「青石四周如牆」、「樹木沉鬱，有若鬖鬖」，頁636；「見亭將成，如遲故人」，頁637；「（石）文如竹葉鳥跡」、「（溪石）皆如雪色」，頁641；「（平原）平曠如掌」，頁642；「新栽松嬌娃如綠雲」，頁643；「（曹）公于此時如几上肉」，頁645；「石上苔文繡蝕，如排當彝鼎」，頁646；「雙石峙處如扉」，頁647；「（鴨腳木）上巢白鶴數百，遠視之如玉蘭花」，頁650；「去帆如陣」，頁651；「日暮，砲車雲生」，頁652；「向來居重垣內，如螺如繭」，頁653；「黃葉如雨」、「望武昌萬家若蜂房浮雪浪中」，頁657；「山間九峰，環抱一寺，如蓮花之裏蓮房」、「松楓雜立，若花鬖矣」，頁658；「水邊石尤突兀，有若浮梁者」，頁663等。

64　《珂雪齋集》卷之十六，〈遊太和記〉，頁678。

65　《珂雪齋集》頁682。

66　《珂雪齋集》頁693-694。

而各出神通變化以娛客者』。……將出山，九龍泉自山下作壯籟，『如賓去而以鼓角送也』。」──擬物、擬人之明喻〈游黃山記〉[67]

4.「青羊、桃花諸澗之水，四面奔流，『如草中蛇』，『如綖中線』，疾趨而過，不知其所之。」──擬物之明喻〈遊太和記〉[68]

5.「（趵突）泉凡三，逆騰而上。遠視之，『若三鶴翔舞』；『若白蓮大于車輪，盛開水涯』。近即之，其下『如有伏械，令其耀而過顙』；『如有洪爐，日夜烹煉』，意而湧弗，聲聞數里。……予謂水就下，而今翻成炎上之性，即蘇門百泉，『滾滾上沸』，『如星如珠』，未有湧起三四尺，若此之盛者也。」──擬物之明喻、略喻〈趵突泉記〉[69]

　　本卷〈遊岱宗記〉幾乎全以「譬喻」來描繪泰山，「岱宗，遠視之『如雲氣生動』。……其上為水簾洞，巨石欹其腹，『受水如織』。……中峰諸泉注焉，『聲如旱雷』。……朝陽洞，有亭俯視傲來，『煙藜可摘』，信天孫之美膝也。……磴窮，為天門，直謂嶽祠，在此『針鋒上』耳。

---

[67]　《珂雪齋集》頁 695。
　　餘如：「石如鐘鼎羅列水上」、「以手捫之（洞石）如玉」、「峰形如旋螺」、「（峰）四面如鐵甕」、「萬山如蓮縈繞」，頁 669；「（石）若龜魚仰面昂首」、「（洞）色如陳雪」、「（徐觀）如啖佳珍，須少咀嚼」、「（鐘乳石）如懸挂衲衣，摺理下垂」，頁 671；「石脂注於泐隙，如乳雪旋螺上覆，忽若一鐘」，頁 672；「予謂靈巖山不足觀，而其中包藏靈怪；正如一樸茂人，胸中含裹無窮麗藻耳」、「天柱諸峰，若刻若縷」，頁 673；「巖若青玉」、「怪石爪齒纓足，俱費乳雪」、「瓊臺峰若一髻前指」，頁 674；「巖石若馭雲」、「天柱（山）氣宇如王」，頁 676；「美石一具，色如碧玉」、「山山相倚如笋箨」、「小峰如筆格」，頁 685；「（靈巖）若堂皇」、「峰巒簇花攢藥」，頁 687；「十里如永巷」、「東峰有山如人，拱而欲語」，頁 688；「天門山如兩眉隱隱」、「如鼻準」、「如美人頭上髻」，頁 692 等。
[68]　《珂雪齋集》頁 677。
[69]　《珂雪齋集》頁 687。
　　餘如：「古人所云『清涵廣陌，冷浸平湖』者，今已索然惟見一勺」，頁 687；「巖溪相依，若戀戀不捨者」，頁 670 等。

東去益『寬敞如村落』，為道院，已為御香亭、爲元君廟。後嶺『若玉几可憑』，而左為長巒繞之。當其前者為五花石，『若人以廣袖自障其面』，五花石遂『同五指爪』焉，……後望黃花洞，峰巒秀冶甚，『如大家廣庭之後，復為小圃』，美石奇樹，布置幽倩。其前為秦『無字碑』，『若方幢然』。……登日觀峰，……日『一縷』出海波間，已『漸如半規』，拋擲不定，乍浮乍沉。『海水如羅縠』，作碧色。」[70]讀後，歷歷在目，的確可收到宛臨現場之「示現」效果。

　　袁小修常別出機杼，藉著「譬喻」修辭，使文氣靈動、個性突顯。像〈大明湖記〉[71]，見湖水「其半為規菱藕之利者，畦分塍列」，喻「如白地明光錦，變為百結衲衣」，對短視近利者糟蹋了勝景，技巧地發出慨嘆。父兄俱亡後，其雖宣稱「久已覷破」——「有事厭事，無事生事，奔波一生」的日子，猶在〈後汎鳧記〉末，自嘲道：「僕于窮人中，亦足以豪矣。支配既定，飯來張口，『有若神鴉』，何俟僕僕更求人乎！」[72]由於小修「箕簹谷週遭可三十畝，皆美竹」[73]，故也不免於〈西山遊後記——碧雲寺〉[74]中，自誇說：「（寺）塘前有穉竹一方，嫩綠可愛。予家園中，翠竹萬竿，視此『如小兒頭上髮耳』。」而〈遊繹山記〉首云：「繹山，滿山皆小石鱗次，作濃墨色，而霞氣縈之。人之游者，『如以數斛蒼璧小璣，堆積於地』」，擬物之明喻修辭，讓遊人瑰麗地融入自然懷抱。[75]

[70]　《珂雪齋集》頁689。
[71]　《珂雪齋集》頁687。
[72]　《珂雪齋集》頁667。
[73]　《珂雪齋集》卷之十二，〈箕簹谷記〉，頁546。
[74]　《珂雪齋集》頁684。
[75]　《珂雪齋集》頁691。
　　餘如：「僕少如健犢子」、「耳中日夕如轟雷」、「炎炎如炙」，頁666；「（桃樹）夾

　　此外，五卷遊記小品裏，迭見小修利用一連串「譬喻」之「博喻」修辭法，傳神寫照，使刻劃對象立體鮮活。比如：

1.「風帆之往來者，出沒於青槐綠柳之中，『或疾如馬奔，或緩若雲停』；或千帆爭出，或孤篷自振，『或滿插雲霄，或半移疏樹』。」〈遠帆樓記〉[76]——先連用兩個緩急「對比」之「明喻」，再利用「錯綜」句法，完成具「誇飾」效果之「略喻」，達到「鑲嵌」「或」字，具「排比」美感之「博喻」修辭。

2.「（百泉）如玉串上瀩，踴而徐逝；如急雨乍至，跳珠走沫；如天星倒垂，動搖可摘；如遊魚吞浪，呷喋有聲；如瀹茶將熟，蟹眼亂沸。」〈南歸日記〉[77]——採俯察仰觀的視角，利用「博喻」鍛字鍊辭，將百泉之動態、樣貌、色澤、聲效等，充分彰顯。

道如錦幄」，頁668；「視世味已如咀嚼」，頁672；「（石橋）如碧玉粧砌」、「如一簣，方回之泥可封」，頁673；「絕壁巖棲者，隱隱樹中如蜂房」，頁674；「雨瀑如白龍蜿蜒而行」，頁676；「喬松一株，霜皮鐵葉」、「（長堤）繞湖如袖」，頁681；「來青軒如衫袖忽開，盡見原隰」，頁683；「夾道濃柏，有如列屏」，頁684；「有樹數十圍，而色若珂若鐵，陡健瘣立者，曰法遠所植之柏」，頁688；「（蛾眉亭）如吐舌浮水上」、「喬松翁鬱如鬟」、「居民持酒脯，走五通仙人祠者如織」，頁692等。
76 《珂雪齋集》卷之十二，頁526。
77 《珂雪齋集》卷之十四，頁612。
餘如：「若筍蕉，若陣，若城」，頁532；「如金沙布地、七寶粧施」、「如半月，又如積雪未消」，頁536；「怪石經於疾流衝擊之後，墮者，偃者，橫直臥者，泐者，背相負者，欲止未止、欲轉不獲轉者，猶有餘怒」，頁539；「如掃葉，如撥笏」，頁543；「若怪松不見顛，若風中淚蠟，若細腰長人森然立，若垂楊柳婆娑委地」，頁545；「如鼜鼅，如長帚尾」，頁551；「如石女兒，如石羊駒」，頁552；「若方橋之半，又如棧道」，頁559；「如馬受啣而未即馭，如帆將挂而未即張，如鸞翔鳳翥欲往尚有待」，頁560；「如陣（原作「障」，據《珂雪齋遊居柿錄》卷之二‧第25則，改之）如城，如千葉青蓮，如畫中所稱『陡子之頭，道子之腳』無不具備」，頁562；「如爛銀海中飛波騰浪，又如羊脂玉以巧手雕刻硯山筆牀」，頁563；「或如瑪瑙，或如玉，或如瑟瑟，或光亮如琉璃，或紅黃透明如霞彩，或青綠隱見如山水雲氣，或如指螺紋，或如玳瑁，如刷絲」，頁565；「如龍

　　（二）除「譬喻」修辭外，小修遊記小品還綜合使用了**「比擬」、「轉品」、「借代」、「誇飾」、「摹寫」**等技法，來琢鍊字句，以增添作品的藝術性，並適度展現才學，避免枯索乏味。

　　袁小修極喜將山石水樹「比擬」為婀娜綽約的佳人，〈遊德山記〉[78]堪稱代表，文中寫到：「予之施施山間也，遇老樹槎枒則少立，遇石骨峻嶒則少坐；遇嶂披樹斷，遠見江色，『如鬟鬢之對明鏡，湛然發其妖蒨』，則為之終日徘徊而不忍去。」取髮髻「部分借代全體」為一美女，再轉化成「孤峰」；而瞰江之孤峰山，更擬作攬鏡施媚的伊人。〈東遊記十九〉亦曰：「傍水有峨眉亭，望青山『如鏡內約眉，妖蒨澹冶』。所稱尤物者，寧獨九子？」[79]其〈遊青溪記〉[80]中，說得妙：「少年見妖姬，高士見山色，雖濃淡不同，其怡志銷魂一也。」

在淵，如虎在穴」，頁 570；「如雷開蟄戶，春萌草色」，頁 584；「若初月出雲，長虹飲澗」，頁 602；「如青蓮濯濯出水中，若卜一小蘭若」，頁 638；「如秋天，如晚嵐；比之含煙新柳則較濃，比之脫籜初篁則較淡；溫于玉，滑于紈」，頁 640；「如螺如鬋」，頁 653；「如醉象之無鉤，似野馬之不馭」、「若枳若棘」，頁 654；「已如鷗弦鐵撥，已如疾雷震霆」、「若春日之泮薄冰，而秋風之隕敗籜」，頁 655；「如狂如醉」、「如膠粘鵬羽，絲縛驥足」，頁 657；「為龍為虎，為象為兕」、「為花為藥，為珠為雪」、「為雲為霞，為砂為翠」、「為琴為瑟，為歌為唄」，頁 674；「如屏息拱立，髻盤鬟繞」，頁 675；「如屋覆，如傴蓋，如走丸，如斧劈，如抵壁，如累棋，如馬首，如巾敷几筵，如砌如累，如戲擲」、「如虎如龍」，頁 691 等。

[78] 《珂雪齋集》卷之十三，頁 558。

[79] 《珂雪齋集》卷之十三，頁 580。

餘如：「山勢欹側冶媚」，頁 560；「一峰亭亭若鬟髻者」，頁 562；「（巴陵）亦楚中秀媚國也」，頁 568；「怪石一壁，蒼藤綠莎糾結，倩媚韶秀」，頁 574；「怪石峻峻有媚趣」，頁 588；「石以水活，水得石澄，而日光映射，以發其妖倩」，頁 613；「三湖皓淼之波，粘天蕩日，亦可借其秀潤，以暢性靈」，頁 625；「石巉巉出綠樹中，大有媚趣」，頁 637；「（鹿苑山）別有一種妖冶之色，似雪又濃，似霞又澹」，頁 649；「君山妖蒨」，頁 652；「遠山波流花簇，妖冶動人」、「（溪山）爭奇獻妍」、「老樹茂竹，便娟媚人」，頁 670；「山峰波騰，秀媚特甚」，頁 671；「玉泉之泉，磅礴淋漓，秀媚逼人」，頁 680；「水泉涵澹，極為秀冶」，頁 681；

　　唯「太和山」[81]與「黃山三奇峰」[82]，小修稱作「美丈夫」；並據《水經》載，白螺山乃「一魁父丘耳」[83]；對一個登山臨水已成癖好者而言，山水「不啻故人」[84]，也是「可以消除名利、嗜慾、熱惱，助發道心」的「勝友」[85]。

　　經由「比擬」手法，或擬人、或擬物，可易靜為動、化虛為實，妙趣橫生、具體可感。例如：〈西山十記二〉：「大士洞，石理詰曲，『突兀奮怒』，較華巖洞更覺險怪」[86]、〈記六〉：「（翠巖寺）門有渠，天雨則飛流自山顛來，『巖吼石擊，濤奔雷震，直走原麓』，洞駭心目」[87]、〈記八〉：「松柏『膏沐』之餘，楊柳『浣瀚』之後，深翠殷綠，媚紅娟美」[88]——原本靜態之物，一經擬人化，隨即神韻畢現；又如：〈記四〉：「（碧雲寺）朱魚萬尾，匝池紅酣，爍人目睛。……然其跳達刺潑，遊戲水上者，皆數寸魚；其長尺許者，潛泳潭下，見食不赴，安閑寧寂。毋乃『靜躁關其老少』耶？」[89]——則將大小魚態與老人少者之心性相聯結，作出

「山石雖倩，更得此（香）水活之，其秀媚殊甚」，頁 686；「右有山麗焉，幾欲與俗爭秀冶」，頁 689 等。
[80]　《珂雪齋集》卷之十五，頁 639。
[81]　同註 65。
[82]　同註 67。
[83]　《珂雪齋集》卷之十三，〈東遊記六〉，頁 568。
[84]　《珂雪齋集》卷之十五，〈遊青溪記〉：「昔游桃花源上，酷愛其山勢生動，天外浪壁層層，以為稀有。『今見此（青溪）山，不啻故人』。『生平有山水癖』，夢魂常在吳越間，豈知眉睫前有青蓮世界乎？」，頁 639。
[85]　《珂雪齋集》卷之十五，〈堆藍亭記〉，頁 637。
[86]　《珂雪齋集》卷之十二，頁 536。
[87]　《珂雪齋集》卷之十二，頁 538。
[88]　《珂雪齋集》卷之十二，頁 540。
[89]　《珂雪齋集》卷之十二，頁 537。

巧喻。而〈遊德山記〉:「曉,枕上聞黃鸝聲,『入耳圓滑』」[90]——原本抽象的鳥鳴,透過擬物修辭,即能轉化成珠玉般,柔滑穿過耳際。

〈遊德山記〉續曰:「屢跌始至善卷臺,善卷即舜時『粃糠』『九五』,遠遁巖谷者也。……梁山『旜』覆其後,隱隱接武山。……昔調御之丈夫,莫不『塵』三輪而『芥』七寶」——其中「粃糠」是把名詞「癟穀」,「轉品」成動詞,作「輕視」解;把名詞「旃旗」之「旜」,轉變詞性,當副詞用,以強調「覆」意;而面對身、口、意之三業與七種貴重寶物,小修也運用「轉品」修辭,將原屬名詞之「塵土」、「芥子」,轉化為動詞,作「視……為塵土」與「視……為芥子」解釋。詞性一改,新意頓生。至於「九五」一詞,乃「至尊天子」的「借代」。

小修遊記,為避繁求變,「借代」修辭,所在多見。如〈遠帆樓記〉[91],以「風帆」代「行船」,「千帆」代「眾船」,「孤蓬」代「扁舟」,「絲肉」代「樂器歌聲」,「香火兄弟」代「手帕姊妹」,「青蛾皓齒」代「絕色美女」,「三楹」代「三間」。又如〈東遊記二十〉[92],以「翠袖嫣然」代「佳人巧笑」,「金碧陸離」代「寺塔輝煌」,「碧瓦朱垣」代「宮宇堂皇」,「黃屋」代「宮殿」,「踵疲」代「腿酸身倦」,「金湯」代「翹楚」。

袁小修曾採日記體,紀錄自神宗萬曆三十六年(1608,時年三十八歲)十月初一,至四十六年十二月二十八日,約十年間出遊與閒居的片斷,寫成《遊居柿錄》十三卷。《珂雪齋遊居柿錄》卷之二,第 18 則末,自註云:「此與記(指卷之十三〈遊德山記〉)互有同異,並存之。」[93]故

90　《珂雪齋集》卷之十三,頁 558。
91　《珂雪齋集》卷之十二,頁 526。
92　《珂雪齋集》卷之十三,頁 581。
93　《珂雪齋集》頁 1123。第 21 則末,註曰:「以下有記(指〈遊桃源記〉),稍與此有異同,故並存之」,頁 1123;第 51 則末,註曰:「此後另有記(指〈東遊記〉),以有異同,並存之」,頁 1136。

可知，雖作者、取材皆同，仍會因文體有別而有不同之寫作風格，畢竟，日記體遊記並不全同於遊記。

　　故小修揚帆躋屐，記錄遊歷觀感之遊記小品，雖全自胸臆流出，但仍需藝術的想象、「誇飾」的書寫。比方，〈清蔭臺記〉寫到：「槐一株，上參天，孫枝皆可為他山喬木」[94]；〈遠帆樓記〉起首即曰：「邑中無培塿之山，獨江水『自天而下』，『捲雪轟雷』，為天下雄觀」[95]；〈西山十記二〉曰：「至裂泉，泉水仰射，『沸冰結雪』，匯於池中。……河水深碧泓渟，澄澈迅疾，潛鱗了然，『荇髮可數』。……柳堤一帶，不知里數，嫋嫋濯濯，『封天蔽日』」[96]；〈石首城內山園記〉曰：「繡林之巔枕江，其趾坦迤，半在城。……其右數十家外，得王太學養盛園，中有亭，『望南山草木了了』。其後最近繡林之巔，『遊人鬚眉可見』。……江流益闊，『帆影可攬』。」[97]

　　「摹寫」修辭法，更是整合感官心神，就作者視、聽、嗅、味、觸、感諸覺，宏觀微察天地種種，並巧加描繪的利器，如卷之十二〈清蔭臺記〉：「（清蔭臺）雖無奇峰大壑，而遠岡近阜，鬱鬱然攢濃松而布綠竹，舉凡風之自遠來者，皆宛轉穿於萬松之中，其烈焰盡而後至此；而又和合於池上芰荷之氣，故雖細而清冷芬馥。至日暮，著兩重衣乃可坐，俯觀魚戲，仰聽鳥音，予意益欣欣焉……」[98]；卷之十六〈遊太和記〉：「道上山色泉聲，已冷冷非人世矣。……此後馳道整潔，松杉夾路，菴觀櫛比，朱戶隱見。至沖虛菴，流泉細細，溢於衢路。上有檜一枝，開落花

---

[94] 《珂雪齋集》卷之十二，頁 525。
[95] 《珂雪齋集》卷之十二，頁 525。
[96] 《珂雪齋集》卷之十二，頁 536。
[97] 《珂雪齋集》卷之十四，頁 599。
[98] 《珂雪齋集》頁 525。

如金粟，……有石橋三四處，皆如碧玉粧砌。其上為玄岳門，如一竇，方回之泥可封也。過此則煙雲金碧，輝映萬狀矣。……過平臺，下十八盤，石墀不受一塵，樹影尤濃。聞流水聲厲甚，即龍泉觀前橋也。……石偶詘而水贏，則紓徐而容與；水偶詘而石贏，則頹疊而吼怒。……見山骨稜稜，雲破霧裂，則少住；見兩山忽豁，千峰瞥出，則少住；見古木蕭蕭，柯韻悠揚，石橋流水，悄然如話，則少住；惟畫棟文楣，即掉臂而過之；……積鐵冷金中，時出雪溜蘚斑，朱藤蔓絡。廊外綠峰照耀，見雨瀑如白龍蜿蜒而行。」[99]；《珂雪齋集》卷十二至卷十六中，類似筆法，不勝枚舉。

　　（三）小修遊記多半使用**短句**，尤其是**四字句**，可使文章節奏明暢輕快，符合作者心性與文體風格；並不時穿插**「排比」**、**「對偶」**句子，讓散行文字憑添不少韻文風姿；而**「疊字」**，更是被大量使用，每每陳字見新、樸字見色；其也偶用**「疊句」**，以收強調之效。

　　例如：卷之十二〈聽雨堂記〉：「（子瞻）富貴功名之味，亦既嘗之矣；世路風波之苦，亦既歷之矣；己之為人，足以招尤而取忌，亦大可見矣，肱已九折矣。或招子由至常，或移家至許，或相攜而歸」[100]；〈遊高梁橋記〉：「（三月中）凍枝落，古木號，亂石擊。，寒氣凜冽，相與御貂帽，著重裘以敵之」[101]；〈西山十記十〉：「世機未息，冶習未除。是故目解玩山色，然又未能忘粉黛也；耳解聽碧流，然又未能忘絲竹也。必如安石之載攜聲妓、盤餐百金，康樂之伐木開山，子瞻之鳴金會食，……伊蒲可以送日，晏坐可以忘年。以法喜為資糧，以禪悅為妓侍，……故望煙巒之窈窈突兀，聽水聲之幽閑涵澹，……于于焉，徐徐焉，朝探暮

---

[99] 《珂雪齋集》頁 673-676。
[100] 《珂雪齋集》頁 530。
[101] 《珂雪齋集》頁 534。

歸，若將終身焉。」[102]〈篔簹谷記〉:「予耳常聆其（竹）聲，目常攬其色，鼻常嗅其香，口常食其筍，身常親其冷翠，意常領其瀟遠」[103]——這些篇章皆大量運用排比句，再錯綜添加幾字，營造規律中之參差美。

又如:卷之十三〈東遊記十〉:「（子瞻）曾欲鬻定襄田矣，欲鬻荊南頭湖田矣，……曾欲鬻匡山田矣，欲鬻金陵田矣，欲鬻伊川田矣，欲鬻泗上田矣，欲鬻白沙田矣，欲鬻浮玉田矣，而皆不遂也。……膩情為剛骨所持，故恆與世相左，其宦必不達;而剛骨又為膩情所牽，故復與世相逐，其隱必不成。於是口常言隱，而身常處宦。欲去不能，欲出不遂，以至徘徊不決，而嬰金木，蹈網羅者有之矣。……耳能耐寂寞，而不須絲竹;目能耐寂寞，而不須粉黛;口能耐寂寞，而不須肥甘;身能能耐寂寞，而不須安逸;門戶能耐寂寞，而不須光榮;名姓能耐寂寞，而不須稱揚。可以躬耕，可以力鋤，可以牧犢，可以傭舂，可以為監門卒，可以為淘河夫;可以一布障前後，可以寒夜無被，可以沿門作乞兒。可以任兒子之蓬頭歷齒，而了無愧怍;可以死無植骨之所，而任烏鳶螻蟻食。……龍戢其鱗，鳳潛其羽，九天九淵，安往不適。豈與櫪中之馬，臂上之鷹，較苦樂哉!」——幾乎通篇排比，間雜對偶，工巧成文。

小修每以「隆隆」、「蒼蒼」、「隱隱」、「疊疊」、「沉沉」等疊字寫山，以「浩浩」、「洶洶」、「洋洋」、「淙淙」、「澹澹」等寫水，以「嘿嘿」、「矯矯」、「施施」、「孜孜」、「介介」等寫人;卷之十四〈遊石首繡林山記〉有較顯特殊的疊字:「水洶湧直下，注射拳石。石『嶒嶒』力抵其鋒，而水與石始若相持而戰。以水戰石，則『汗汗田田』，『澎澎湃湃』」[104]。當

[102]《珂雪齋集》頁542。
[103]《珂雪齋集》頁546。
[104]《珂雪齋集》頁597。

壯心日灰又遭骨肉之變時，小修連嘆「真可哭也！真可哭也！」[105]疲然龍鍾，不得不絕意仕進之際，徒呼「已矣！已矣！」[106]斯情斯境，非用疊句實無法充分表達。

（四）袁小修於遊記小品內，不時**「引用」**經籍，考證論述，展現才學；以**「設問」**對答反詰，鋪陳己見；抑採直言或**「婉曲」**方式，諷喻針砭時事。

如：〈澧遊記一〉，小修依《水經注》、《禹貢》，辨王粲之誤，釋雷思霈之疑，三分之二的篇幅都在考證澧水的來龍去脈，僅在文末慨歎受科考之累，竟致咫尺之「福地埋沒，遺之蠟屐外」[107]；〈西山十記十〉，透過「居士曰」、「或曰」、「居士曰」帶出今昔心態之異，宣稱「向者果未嘗遊山，遊山自西山始矣」[108]；〈東遊記四〉云：「光陰如駛，追思聚首之樂，何可得也」[109]，激問修辭下，當然必不可得。〈東遊記十四〉，小修以「誤赤壁而得一賦，誤石鐘而得一記，淋漓一時，芳潤千古，其誤何可及也」[110]，提問讚美之中，幽了蘇東坡一默。〈遊石首繡林山記〉：「石得水以助發其妍，而益之媚，不惟不相害，而且相與用。予嘆曰：『士之值坎壈不平，而激為文章以垂後世者，何以異此哉！』」[111]，乃藉山水相得，來說明文窮後工，不平則鳴的道理。〈後汎鳧記〉：記載「當此禁網嚴密之時，自荊至吳，舟稅如織。所之，巾廂皆遭盤詰，胥徒謾

---

[105] 《珂雪齋集》卷之十五，〈遊岳陽樓記〉，頁 652。
[106] 《珂雪齋集》卷之十六，〈後汎鳧記〉，頁 666。
[107] 《珂雪齋集》卷之十二，頁 551。
[108] 《珂雪齋集》卷之十二，頁 541-542。
[109] 《珂雪齋集》卷之十三，頁 566。
[110] 《珂雪齋集》卷之十三，頁 577。
[111] 《珂雪齋集》卷之十四，頁 597-598。

罵，令人駭愕。」[112]；〈再遊彰觀山記〉寫到：「依岸行，見一樵人。予呼之，其人急走，意以予為盜也」[113]；前者明言官場風氣的敗壞，後者輕揭地方治安的惡化。

（五）袁小修遊記小品，多半順敘鋪寫，有時插入「**今昔之比**」、「**南北之異**」、「**虛實交錯**」、「**夢覺同趣**」；有時以大小、遠近、強弱，「**層遞**」行文。〈東遊記二〉[114]，先實筆描摹近日彩石洲上之石，突現異彩，緜亙里許；再引用南宋杜綰之語，謂松滋五色石與瑪瑙無異，如今公安離松滋不遠，州石似更佳；繼而插入追憶，昔日曾與二位兄長同遊洲上，伯修拾得數枚彩石，初甚寶惜，後意闌，遂贈之；然小修南北旅遊，致使清供散佚，今石已不知所在；文末又回到現實，憑舟軒騁望，一瞬間彩洲已逝；今昔二端俱歸於虛矣。〈遊高梁橋記〉[115]，將現在——三月中酷寒飛沙的北京，配上奔走求官的自己，與回憶裏——江南二三月已風和日麗，家中又有產業足以餬口，自己得享水石花鳥之樂；反襯對比，扣緊「嗜進而無恥，顛倒而無計算」的結論。〈東遊記二十五〉[116]，則是現今與過去、夢境與現實交織成篇；〈玉泉閒遊記〉[117]亦然：「是夜遂夢見玉泉山上，復出一山若寶冠。又見此山化為一舟，飛行虛空云。蓋夢覺同趣，予頗爽然自快矣」[118]。至於〈遊德山記〉[119]，是採由遠及近，由大至小層遞起筆；從沅水、德山到老樹五六株、門徑澗水與翁鬱松柏。

[112] 《珂雪齋集》卷之十六，頁 667。
[113] 《珂雪齋集》卷之十五，頁 663-664。
[114] 《珂雪齋集》卷之十三，頁 565。
[115] 《珂雪齋集》卷之十二，頁 534-535。
[116] 《珂雪齋集》卷之十三，頁 587。
[117] 《珂雪齋集》卷之十五，頁 638。
[118] 《珂雪齋集》卷之十五，〈玉泉閒遊記〉，頁 638。
[119] 《珂雪齋集》卷之十三，頁 557。

〈遊岱宗記〉[120]末，先述三憾，再說「甚快」、「又甚快」、「又生來一大快也」，層遞作結。

　　在現存小修遊記中，不乏夾議夾敘之作，其尤喜在文末以點睛之筆作結；比如「聲之悲怨，有加于初；嚮之歡適者，化為悽愴矣。遂相與踏月而去」[121]、「吾輩當保其剛骨，制其膩情，而更力持于舌端筆端，庶汎汎長作水上之鳧，而閒可偷，軀可全也。睹東坡舊蹟，不覺喃喃若此。東坡有知，聞之或比于說鬼之妄言歟」[122]、「囑舟人及還楚僕從曰：『此去都門，得失未可必，然閒則可必也。謹視吾舟。桃花水生，吾攜吾閒歸矣。』篁川主人為賀中祕盧谷，并令子孝廉函伯」[123]、「乃知如意未可易得」[124]、「喬木漸摧，亭臺異主，游雲幻變，豈待華表鶴來也哉，可嘆也」[125]、「天下事以偶過眼而失之者多矣，獨此哉」[126]等。唯卷之十三〈東遊記九〉末，以「今城跨赤壁，其半在城內為闤闠，較往時更為喧囂。命人取龍泉水烹茶，甚佳」[127]，突兀收尾。

四 · 結語

　　袁小修〈告中郎兄文〉曰：「（中郎）論詩文，則常云我近日始稍進，覺往時大披露，少蘊藉。此則弟獨知之，而兄所為日新而不已者也。不

---

[120] 《珂雪齋集》卷之十六，頁 689。

[121] 《珂雪齋集》卷之十二，〈遊荷葉山記〉，頁 531。

[122] 《珂雪齋集》卷之十三，〈東遊記十〉，頁 573。

[123] 《珂雪齋集》卷之十三，〈東遊記二十八〉，頁 591-592。

[124] 《珂雪齋集》卷之十三，〈東遊記二十九〉，頁 593。

[125] 《珂雪齋集》卷之十四，〈過真州記〉，頁 601。

[126] 《珂雪齋集》卷之十六，〈西山遊後記——臥佛寺〉，頁 685。

[127] 《珂雪齋集》卷之十三，頁 571。

息者道，無盡者生。」[128]身為二哥知己，必遵兄遺命，轉披露、趨蘊藉，以匡正公安末流俚俗淺易、纖巧莽蕩之弊；加上年歲日滋，偎香依玉、狂放豪奢的袁小修，已漸「與無情有致之山水，兩相得而不厭」[129]。小修於天啟二年（53 歲，1622）重九日為自己文集所寫之〈珂雪齋集選序〉所云：「大都天地間之景物，與人心中之情感，千變而未始有極，修詞者堂堂正正，奇奇怪怪，如蒐璧採寶者然，以共扶造化未開之倪，以共鳴一代風雅之盛，不亦可乎！夫戹言俚語，信口而出，滔滔莽莽，無復檢括，是固無足道。若夫擭故詘新，喜同惡異，拘執格套，逼塞靈源，此其病，與儓背規矩者正等。」[130]恰可挪借為本論文之結語，而其遊記小品正是此一文學理念的確實實踐。

本篇發表於：民國九十三年十一月六、七日「第六屆中國修辭學國際學術研討會」上（玄奘大學文理學院、玄奘大學中國語文學系、中國修辭學會主辦），後收入《修辭論叢》第六輯（私立玄奘大學中國語文學系、中國修辭學會主編，民 93 年 11 月），頁 267-288。

---

[128] 《珂雪齋集》卷之十九，頁 796。
[129] 《珂雪齋集》卷之十二，〈西山十記十〉，頁 542。
[130] 《珂雪齋集》頁 23。

肆、袁小修傳記小品探析

【摘要】晚明公安派之袁中道（小修）擅長山水遊記、書札尺牘，然以傳記小品最為出色，今就《珂雪齋集》內十四篇以「傳」為題之作，試加探析。小修別抉尊長晚輩、良師益友、豪士賢者之言行舉措，當作傳記撰述題材，以小品文展現自我之敬仰典範、人生態度、釋道思想、政治理念、文學主張及當時景況，並彰顯出詳略得宜、傳神寫照、形神兼備的寫作功力。

【關鍵詞】袁中道（袁小修）、傳記、小品文

一‧前言

自《史記》創「列傳」體例後，以人物為主的傳記類敘事作品漸多，名目不一，如碑記、壙記、墓表、墓誌銘、祭文、行狀等；至於單以「傳」名篇者，產生得較遲，數量也不多，歷經唐宋，直至明清，才蔚為風氣。如明‧宋濂有六十餘篇，李開先、歸有光有二十多篇；清‧戴名世有五十七篇，袁枚則多達七十九篇。

晚明，高舉反擬古大纛，標榜「獨抒性靈，不拘格套」[1]之「公安三袁」——長兄袁宗道（西元 1560-1600 年），字伯修，仕宦最顯；二哥

---

[1] （明）袁宏道：《袁中郎全集》‧《袁中郎文鈔》——「序文」‧〈敘小修詩〉（台北：

袁宏道（1568-1610），字中郎，文名最盛；行三之袁中道（1570-1626）字小修，得年最永、著述最夥。

袁中道擅長山水遊記、書札尺牘，然其作品中，尤以傳記最為出色，遠勝兄長。以「傳」為題之傳記小品，伯修僅有以擬人寓言體寫「文房四寶」之〈毛穎陳玄石泓楮素傳〉[2]，中郎有〈徐文長傳〉、〈醉叟傳〉、〈王氏兩節婦傳〉及〈拙效傳〉[3]；而小修《珂雪齋集》[4]內，共有十四篇[5]:〈龔春所公傳〉、〈萬瑩傳〉、〈關木匠傳〉、〈一瓢道士傳〉、〈回君傳〉、〈石浦先生傳〉、〈梅大中丞傳〉、〈李溫陵傳〉、〈江進之傳〉、〈潘去華尚寶傳〉、〈趙大司馬傳略〉、〈袁氏三生傳〉、〈高士傳〉[6]、〈吳龍田生傳〉[7]。

今本諸上述袁小修十四篇傳記小品，分就選材、意蘊、技法三方面，試加探析。

世界書局，民 79 年，三版），頁 5。

[2]　《四庫禁燬書叢刊》48‧《白蘇齋集》（影印明刻本）卷之八「館閣文類」（北京：北京出版社，2000 年），葉九（集 48-576）；目錄篇名則作〈毛穎陳玄四君傳〉。

[3]　同註 1，《袁中郎文鈔》──「傳記」，頁 1-4。

[4]　（明）袁中道著、錢伯城點校：《珂雪齋集》（上海：上海古籍出版社，1989 年），分上、中、下三冊。以萬曆 46 年（1618）24 卷《珂雪齋前集》為底本，再彙整 10 卷《珂雪齋近集》、24 卷《珂雪齋集選》及 13 卷《珂雪齋外集遊居柿錄》而成。篇內袁中道之引文，全據此書，惟句讀稍有更動。

[5]　前兩篇在《珂雪齋集》卷之十六末（頁 697-701），另十二篇全歸卷之十七（頁 703-739）。

[6]　《珂雪齋集》頁 737，錢伯城據《集選》補。

[7]　《珂雪齋集》頁 739，錢伯城據《集選》補。

二‧取材範疇

小修傳記小品的取材，全以自身為圓心，摯情為半徑，生活圈為範圍；傳主或為尊長晚輩、或良師益友、抑或耳聞目睹之豪士賢者；文不虛發，意不空擲。

（一）尊長晚輩

〈龔春所公傳〉生動描寫袁中道外公龔大器，由世耕之農，發憤為儒，終成進士，官至河南布政使，及「與諸子諸孫唱和」、飲樂的種種；並似史冊之附傳，一併述及與三袁關係密切之二舅仲敏、三舅仲慶。

〈石浦先生傳〉，由先世[8]、曾祖（袁暎）、祖父（袁大化）、父親（袁士瑜），寫至袁宗道；伯修應祖母余氏夜夢「美人頭自天飛來」，「以襟承之」吉兆而生，終因扶病戮力侍講東宮，「憊極而卒」；小修以崇仰、懷思之筆，刻劃大哥俯仰無愧的一生。

中道因與楚、晉大司馬趙可懷之四子趙茂才相善，並有感於政危民亂，楚地驟失幹才，不免憂心國事，遂作〈趙大司馬傳略〉。

而〈袁氏三生傳〉，則是擔心自己修持淨業道心不堅，乃寫下三袁昆仲三個頗具佛緣的早夭子女往生情狀，「用以自警焉」。

---

[8] 孟祥榮〈公安三袁家世研究〉（《湖北職業技術學院學報》第 6 卷第 4 期，2003 年 12 月，頁 36-39）指出：「1986 年，一部由三袁之姪袁萬年修於康熙年間的《袁氏族譜》，在公安被發現。……據袁氏十一世孫袁遵源寫於乾隆五十九年的《袁氏重修宗譜序》記載：『家系出豫章豐城元坊村之元氏。明譚本初公由廩貢出身，振鐸黃之蘄水，後移荊。』（《袁氏族譜》卷一）……在《袁氏族譜》卷一五世總中，曾提到三袁的外祖父龔大器為他們的曾祖袁暎撰有《元氏先塋碑記》，亦可見袁氏起先姓元，殆無可疑。」

（二）良師益友

〈萬瑩傳〉是袁中道以同情之心、理智客觀地描摹喻家莊業師萬瑩先生的際遇、學養與家室，試圖藉著善惡果報，略抒彼此的塊壘抑鬱。

小修雖早慧，卻遲至萬曆四十四年（1616）四十七歲時，方登進士第，幸蒙兩位分在政界、文壇俱已有成的兄長提攜援引，得以結交許多先進[9]，締下忘年知己情懷。如〈李溫陵傳〉，是寫三袁曾多次問學證道的啟蒙大師李贄，被視作「異端妖人」的坎坷一生。〈梅大中丞傳〉記「騷壇主盟」、後「陞大中丞，開府雲中」的梅國楨；梅長小修近卅歲，兩人竟可「捫虱而譚（談）」，「辨（辯）論鋒起」。而「所交皆一世名士，若焦弱侯（竑）、李龍湖（贄）諸公，皆為世外之契」的潘去華，晚年才與三袁相交，論學於「蒲桃（葡萄）社」[10]，「不逾年，伯修逝，公亦逝」，數年後，小修在追憶中寫下〈潘去華尚寶傳〉。

另外，也替「蒲桃社」成員、中郎摯友的江盈科作〈江進之傳〉；應中郎「愛其貞淳，有先民風，與之往還」的吳龍田生前索請，撰就〈吳龍田生傳〉。

---

[9]　（清）張廷玉等奉敕修：《明史》（武漢：武漢大學出版社，《原文電子版・文淵閣四庫全書・史部》，1997），卷288・〈列傳〉第一百七十六・〈文苑四〉：「小修……長益豪邁，從兩兄宦遊京師，多交四方名士，足跡半天下」，葉十六。

[10]　《珂雪齋集》卷之十八〈吏部驗封司郎中中郎先生行狀〉：「戊戌（1598），伯修以字趣先生（宏道）入都，始復就選，得京兆校官。時伯修官春坊，中道亦入太學，復相聚論學，結社城西之崇國寺，名曰蒲桃社」，頁758。

（三）豪士賢者

〈回君傳〉描述貌似回人之表兄王以明[11]，聰慧過人，嗜酒喜妓好賭，曾是袁小修的好酒伴，「與之飲，大能助人歡暢」；在回君身上，清晰可見小修昔日丰采。

木匠關廷福見義勇為灌醉打算作偽證者，幫助袁氏宗族避過誣陷官司；又因打抱不平提斧殺人致死，基於「大丈夫自殺自當」，「卒死獄中」；小修隻眼獨具，盛讚其「真意氣也」，作〈關木匠傳〉。

持一瓢浪遊鄂岳間的道人，似「淫且盜」卻「脫然生死」，小修憑「得其踪跡者」所云，寫出〈一瓢道士傳〉，突顯「非天眼莫能知」有道者。並在「署海陽印」時，親勘金楠「悟之深，壽之促」的道理，透過會晤其弟金柯，「始盡識友梗（金楠之字）生平」，撰就〈高士傳〉一篇。

三‧底蘊內涵

袁中道傳記小品雖僅十四篇，均有感而發，絕非應酬浮文，其底蘊內涵極為豐盈，可見其敬仰典範、人生態度、釋道思想、政治理念、文學主張及現實景況等面向。

（一）敬仰典範

如〈龔春所公傳〉描摹龔大器之氣度，「拓落有大度，人稀見其喜慍之色」、「橫逆之來，人大不堪者，公受之怡然，旋即忘之，不復省憶

11　《珂雪齋集》卷之二十一〈書王尚夫事〉：「王尚夫，名承燁，為予表兄。少失父母，貧苦依予兄弟。……初字質夫，黃平倩過公安，字之曰尚夫。都不解其意，久之乃知。質夫之兄貌似回回，故人以王回呼之」，頁908。

也」；對外公「素儉，所得祿入，自營產業之外，分給族人」、「居家時
聞政有不便民者，公即入告邑長令，語甚激切」，澤及親族、急民所苦
的胸襟，小修大表佩服；至於「為諸生，屢試皆高第，而連躓場屋……
至四十餘，始舉于鄉」，終成進士、後為左布政使的經歷，更是己身
楷模。

〈李溫陵傳〉以凜清操、遠情色、深至道、好讀書、直氣節，五「不
能學者」，將李贄推崇至極高點；而〈石浦先生傳〉寫出長兄「量與識
皆全者」，卻「天不假以年，未得盡抒其用世之略，惜哉！」在〈江進
之傳〉中，袁小修佩服江盈科之氣量，「不驚不怒，是宜大用」。

〈梅大中丞傳〉採景仰之筆，突顯梅國楨「性坦夷，外寬內嚴，終
身不見有喜慍之色，毀譽當前，不復致辨」；「悾傯之中，愈見暇整」；「綜
理綿密，筆硯皆有方略」；故讚許其為「偉人」。〈趙大司馬傳略〉則點
出趙可懷「為官清次骨，蔬食布衣如寒士，絕賂遺」的難能可貴。

蒙師萬瑩「為人淳厚，生平無一妄語」（〈萬瑩傳〉）；商賈吳文明「拙
誠昌其家」（〈吳龍田生傳〉）；木匠關廷福的「抱不平，至死不撓」（〈關
木匠傳〉）；彬彬儒者金楠，佈施悟道，「蓋今之人古之道也，山川如故，
芬芳不泯，是可敬也」（〈高士傳〉）。

無關傳主身份貴賤高下，凡具美德懿行、堪為嚮慕表率者，經由小
修慧眼妙筆，終得以名垂千古。

（二）人生態度

小修任氣逞才、喧恬逸樂的個性，隨年歲、歷練、修為，漸趨謙沖
沉潛，甚至，連豪飲之習也收斂許多；但豪邁豁達、誠篤俠義的本色，
始終如一；基於聲氣相投之移情作用，在許多傳主身上，俱可見到作者
投影。

　　梅國楨「少俊朗，有大韻，能詩文，善騎射」、「久滯公車，無意仕進」；嘗曰：「人生自適耳！依憑軌跡，外張名教，酷非所屑。」其忘年知音——小修亦曾云：「隱為快，仕而復隱尤快。況官居侍從，棄去入山，以清泉白石，娛我心目，逍遙自在，豈非一生大便宜人。」[12]至於梅大中丞「歌鍾酒兒，非公不歡，筆札唇舌，為世所榮」、「調笑青樓，酣歌酒肆」、「摩挲鐘鼎，賞評書畫」；「入覲，騎駿馬，帶長弓，控羽箭，偕侍史蒼頭十餘人，作健兒裝，沿途逐狡兔，射野雀，他邑令值之大駭，以為探丸人。」放浪形骸的年少輕狂，與小修真是有志一同[13]。然〈梅大中丞傳〉中提及：「識者固知公愛憐光景，耗磨壯心，與俗沉浮，不用繩檢」，也是袁中道的內心獨白。

　　晚明士人嗜異尚奇，常以率性之生活方式、重閒適享樂之審美情趣，取代傳統「三不朽」的追求；〈回君傳〉末云：「嗟乎！予幾年前性剛命蹇，其牢騷不平之氣，盡寄之酒；偕回及豪少年二十餘人，結為酒

---

[12]　《珂雪齋集・珂雪齋遊居柿錄》卷之十二，第 90 則，頁 1393。

[13]　《珂雪齋集》卷之二十一〈書王伊輔事〉：「予少年雅負才氣，謂功名可唾取，易言天下事。自辛卯（萬曆十九年，1591，22 歲）後，連擯斥，乃好任俠。危冠綺服，騎駿馬，出入酒家，視錢如糞土。……是時任仲失意，隱於鄂中酒家。予故人丘長孺，為里中人所窘，皆聚鄂中。是人皆才子，不得志於時，尚意氣，雄心不可調伏，逃而娛樂，意與予合。乃相攜，分題賦詩，醉則起舞，登徘場，演新曲。一醉三月。興盡，彼此各鳥散去」，頁 877-878。
《珂雪齋集・珂雪齋遊居柿錄》卷之七・第 143 則：「大德寺在土城中，入寺，訊僧寺中羅漢。云共十七軸，半為住持局之他去；餘六軸，神采煥發，宛有生氣，遠視益逼人。其絹素已裂，實元絹也。衣褶用筆極道逸，上作水紋如髮。予展玩再四，真神物，不虛此一來矣」，頁 1269。
《珂雪齋集》卷之九〈贈崔二郎遠遊序〉：「憶予與二郎二十四五時，視錢如糞土。與酒人四五輩，市駿馬數十蹄，校射城南平原；醉則渡江走沙市，臥胡姬罏旁，數日不醒。實酒長江，飛蓋出沒波中，歌聲滂湃。每一至酒市，轟轟然若有數千百人之聲，去則市肆為之數日冷落」，頁 444。

社。大會時，各置一巨甌，校其飲最多者，推以為長。予飲較多，已大
酣，恍惚中見二十飲人，皆羅拜堂下。時月色正明，相攜步斗湖堤上，
見大江自天際來，晶瑩耀朗，波濤激岸，洶湧滂湃。相與大叫，笑聲如
雷。是夜，城中居民皆不得眠。今（萬曆四十三年，1615，46 歲）予復
以失意，就食京華，所遇皆貴人，不敢過為顛狂，以取罪戾。易州酒價
貴，無力飲；其餘內酒、黃酒，不堪飲。且予近益厭繁華，喜靜定……
近又戒殺，將來酒皆須戒之，豈能如曩日之豪飲乎？而小弟（異母弟袁
寧道）有書來，乃云餘二十少年皆散去，獨回家日貧，好飲日益甚。」
今昔對比中，小修心境已驟變，唯回君依然故我，遂妙用《論語‧雍也
篇》：「人不堪其憂，『回』也不改其樂！賢哉『回』也！」雙關作結。

　　但，長兄「性耽賞適、文酒之會，夜以繼日，踰年，抱奇病，病幾
死」（〈石浦先生傳〉）的教訓；李贄晚年「于《易》大有得，舍亢入謙」
的體悟（〈李溫陵傳〉）；均是袁小修人生態度改變的因由。

（三）釋道思想

　　受師友兄長陶冶薰染，小修除傳統儒學外，兼容釋道兩家，中郎〈敘
小修詩〉云：「顧獨喜讀《老子》、《莊周》、《列禦寇》諸家言，皆自作
註疏，多言外趣，旁及西方之書（指佛經），教外之語，備極研究。」[14]
故在十四篇傳記中，對因果輪迴、宿命果報、修道養生，多所涉獵。

　　〈梅大中丞傳〉末，「袁子曰：『世之名位，蓋前定焉。』」並以大
冢宰王公夫人夢兆為佐證，並云：「梅公初無子，近六十乃生子，不殺
之報也。」〈趙大司馬傳略〉記載趙可懷「病累月，少差」，勉起視事，
「屏諸侍衛」，俯躬親訊攫金宗人時，竟遭持械撲殺；小修論此，「是皆

---

[14]　袁宏道：《袁中郎全集》‧《袁中郎文鈔》——「序文」，頁 5。

天也」，並曰：「悲夫！公之四子茂才與予善，之楚，宿玉泉寺，夜夢大鷹飛空，忽有物碎其首。鷹揚，武功也，大司馬其兆也；碎首，凶徵也。公是時晉大司馬，卒如之，其兆先也。嗟乎！」

在〈萬瑩傳〉尾，袁小修寫族叔夜夢塾師萬瑩曰：「上帝憐我貧苦，今為社神矣」，「社職雖卑，然亦難，聰明正直者爲之，食數十家，所享亦不薄」；旨在彰顯「爲惡之果獲禍，而爲善之果獲福也。」〈龔春所公傳〉末亦曰：「甚矣，龔氏之多長厚也！有石慶、劉寬之風焉。卒享壽考，子孫昌熾，有以也。」

〈袁氏三生傳〉敘述三袁三位夭折孩兒，勤修淨業、歡喜禮佛，不僅可預知往生，且有諸多異相。伯修十三歲之子袁登，見蓮花上有如來佛接引，「合掌翛然而逝」。中郎十四歲幼女袁禪那，「未亡之前四五日，冥然如逝者久之」，甦醒曰：「我方至一所，世界皆作五色，樓閣欄楯，莊嚴無比」，後在小修助念中，著薰香之衣亡；而其夫壻毛氏，半年前病中，夢一丈餘金色人導紺幰車載禪那西行，並告知：「此汝婦也，與汝無緣！」而小修「夜偶夢菩薩數十人，冠寶冠，皆來乞兒，乞得即擁兒以往」，時僅四歲小兒袁海正出痘，「內熱甚急，則自念佛，呼人助之」，「見人少停，即以手抓其面促之」，「凡二三日，以念佛代呻吟」，後數日以不能食而卒。

並於〈高士傳〉中，稱美金楠「寄跡禪室、焚香晏坐」，「以《大易》為主，而貝葉不廢」，「神有所契，形有所遺」，「悟道已深」，「其視此生也，猶脫桎梏也，翛然而往，翛然而來，何足營其神哉！」在〈一瓢道士傳〉裡，強調人莫泥於表象，「夫濟顛之酒也，三車之肉也，鎖骨之淫也，寒山、拾得之詬也，皆非天眼莫能知也。古之諸佛，固有隱於猪狗中者，況人類乎！」

（四）政治理念

　　因場屋偃蹇，萬曆四十四年（1616），四十七歲的袁中道方中進士，兩年後授徽州府教授，隔年任國子博士，轉任南京禮部主事，卒於南京吏部郎中任內；仕宦生涯短促，政績有限，其政治理想或可從其傳記作品中，略窺一二。

　　〈龔春所公傳〉記載：外公龔大器為官，「皆平易近民，所之號為『龔佛』；始若汶汶，久多去後之思。」「不為苛清矯激之行」的循吏風範，影響了仲敏二舅，「既謁選，得山東之嘉祥令，期年大治，訟庭寂然，下簾焚香，課士子經術」；「三為令，皆鬻產以供官費，家遂貧。其平易近民，如其父，廉乃次骨。所之百姓愛之，真如父母，去則祠」；終卒于「獷不可治」之嵐縣縣令任上，「百姓數千人，皆痛哭於堂下，呼聲震地，堂欲為崩。」三舅仲慶「授行人，行取御史，以建言謫磁州判，終兵部郎，竟淹抑不獲大用。……及駕部（兵部侍郎）卒，人悼惜之，多有泣下者，可不為仁人乎！」末了，倒裝俗諺──「不言之蹊于桃李」，褒揚作結。

　　潘士藻「出為金華理官，以風節聞；徵為御使，抗疏，謫為廣東幕官，徘徊郎署間，後官尚寶卿。」（〈潘去華尚寶傳〉）江盈科「為長洲令，長洲固劇邑，公專以恩信治之，不為搏擊，初若無奇，久之，皆不忍欺；其與民語，若父子然，溫溫惟恐傷之。……其於寒士，尤加噓植，……其有才者，曲禮下之，甚至分俸以遺。公固貧，為令久，益貧。」（〈江進之傳〉）

　　當時政治腐敗，貪官墨吏橫行，清廉骨鯁、惜才愛民的官員，誠然難能可貴。在〈高士傳〉末，小修也記錄自己代理海陽縣令時，對「啞

羊之徒私鬻山中千章之木，爲通邑所逐，因而返噬檀越」，「因以王法、佛法治之」。

（五）文學主張

萬曆二十六至三十年間，公安三袁與同道在京師結「葡萄社」，論學立場漸離狂禪而偏向淨土，因李贄繫獄而引發排佛事件後，「葡萄社」遂星散，然公安派已成氣候。

〈石浦先生傳〉載：「戊戌（萬曆二十六年，1598），再入燕。先生官京師，仲兄亦改官，至予入太學[15]，乃于城西崇國寺蒲桃林結社論學。往來者為潘尚寶士藻、劉尚寶日升、黃太史輝、陶太史望齡、顧太史天峻、李太史騰芳、吳儀部用先、蘇中舍惟霖諸公。」〈潘去華尚寶傳〉云：「追思伯修居從官時，聚名士大夫，論學于崇國寺之葡桃林下，公其一也。當入社日，輪一人具伊蒲之食。至則聚譚，或遊水邊，或覽貝葉，或數人相聚問近日所見，或靜坐禪榻上，或作詩。至日暮始歸。」兩篇傳文，勾勒出「葡萄社」的組成份子與相關活動。

萬曆二十七年初，江盈科抵京，任大理寺正，也加入了「葡萄社」；江為公安派重要羽翼，「詩多信心為之，或傷率意，至其佳處，清新絕倫。文尤圓妙。」袁中道撰〈江進之傳〉，除評騭其作品優劣，並藉傳尾「外史氏曰」，充分申述了公安派的文學主張——「古之詩文大家籍中，有可愛語、有可驚語、亦間有可笑語。良以獨抒機軸，可驚可愛與可笑者，或合并而出，亦不暇撿擇故也。然有俚語，無套語。俚語雖可笑，多存韻致；套語雖無可笑，覺彼胸中，爛腸三斗，未易可去。是以

---

[15] 《珂雪齋集‧珂雪齋遊居柿錄》卷之三，第110則：「戊戌（1598），中郎改官，入補順天校官，時眷屬寓真州，予送眷屬入京，即入國學肄業」，頁1172。

文人有俚語，無套語也。人情好檢點，見其有可笑語，遂不復讀其可愛可驚之語；而彼無可愛可驚并無可笑者，專以套語爲不痛不痒之章，作鄉愿以欺世。當時俗人，因無可檢點，反以加于真正文人之上。及至百年後，人心既虛，其可愛可驚之精光，人爭喜之；并其可笑者，亦任之不復加刺，故共相推尊。而彼作鄉愿之詩者，無關謦笑，有若嚼札，更無一篇存于世矣。以此，詩文不貴無病，但其中有清新光燄之語，獨出不同於眾，而為人所欲言不能言者，則必傳，亦不在多也。」強調文學創作，不貴無疵、不求多，也不避俚俗，若能去除陳腔濫調，以自然獨造、諧趣韻致之語，道出人們心底話，便足以流傳千古。

（六）現實景況

〈梅大中丞傳〉是小修傳記篇幅最長者，除刻劃梅國楨的生平梗概、氣韻風範外，也能從中略窺當時之政治、邊防。

首先，寫梅文武全才，卻「久滯公車（會試），無意仕進，鏟采埋光，無復圭角」。「癸未（萬曆十一年，1583，梅41歲、小修14歲）登第，鳴琴畿輔，笑譚視事，不令而戢」；並將其上明神宗之二「封事」內容引用入傳，詳述如何於「議論鼎沸」中，舉薦大將李如松出兵寧夏平定劉東陽、許朝、哱拜、哱承恩（哱拜之子）之亂，並請纓自任監軍的經過[16]。

接著，極力刻劃梅身先士卒之膽識與運籌帷幄之謀略——先「以一受降白旗，豎之城南」心戰招降；再在「劍戟鱗次，刀鋩耀日」、「城上

---

[16] 《明史》卷238・〈列傳〉第一百二十六・〈李成梁（子如松、如柏、如楨、如樟、如梅）〉：「（萬曆）二十年，巴（哱）拜反寧夏，御史梅國楨薦如松大將才，其弟如梅、如樟，並年少英傑，宜令討賊。乃命如松為提督陝西討逆軍務總兵官，即以國楨監之。武臣有提督，自如松始也」，葉十三。

皆控弦挽弓以俟」的險惡環境下，「單騎而進，與東陽執手折論，神意安閑，詞語慷慨」，面對「許朝露刃擬公，公笑而受之」，談判過程裡，展現出大無畏的氣魄，使「賊不自知其膝之下也」。因「賊意終奸狡甚」，故「公悉力攻城，因風縱火」、「引水灌城」；且當機立斷遣麾下大將李如樟奮勇擊虜，阻斷叛逆外援；並掌握情資，趁隙攻入南城，勒兵不濫殺降人，「城中大喜，然（燃）炬照視，盡設香案」；面對「賊以南城居民子女親戚之在大城者，盡縛之真長竿上」的伎倆，梅公亦宣稱，將「取許朝之女、劉東陽之母」，如法炮製，以抵銷脅迫；再策反哱氏父子，殺賊獻城，梅公「嚴申軍令，不得妄殺一人」，主張「渠魁既誅，餘可寬貸」，「庶人心不復驚擾，而各賊資財，足供賞軍之用」。然而，本是「刀刃不血，保全一國生靈」的奇功，忽因督臣傳示「盡殺哱氏及家丁等」，以致「軍卒爭功，恣意劫奪，賊賄悉被抄略，居民蕭然一空」。袁小修僅以「公殊憾之」四字，點出明末君主昏瞶、權臣庸虐，賢臣良將無力回天的窘況。

梅國楨「不自居功，賞獨後」，「陞大中丞，開府雲中（山西、大同）」。「時虜王款塞，公以靜鎮之」，「每遇華人盜夷物者，寘之法無貸」。以「大出獵，盛張旗幟，令諸將盡甲而出，校射大漠」，暗暗遏阻了蒙古騎兵本欲犯邊之舉；縣令關揚原認為「秋成出獵，多損稼，公乃多事矣」，事後「嘆詫公機用之神也」。傳文雖正面稱譽「公清廉，又耳目長，諸將領不敢過為朘削邊卒以飽」，實已暗喻關塞軍紀廢弛、索賄請託橫行；「方公之開府雲中也」，小修「時客長安」，後受邀「至雲中晤言」，曾身歷其境，對類似積弊，必深有體會。

梅公後遷兵部右侍郎，總督宣府、大同、山西軍務，夷虜偽稱己已產鐵，冀除諸邊鐵禁（防止其等打造兵器），遂採「上樓抽梯之計」破

解之,「令虜不敢欺,而每遇虜饑,輒以賑濟,與華人不異,故虜皆感泣,酋王稱之為父」。

推崇梅國楨宵旰體國、人溺己溺的忠信情懷,袁小修不惜筆墨詳加鋪陳,傳末「已矣!已矣!何時復見此偉人也」之感慨,更點明賢臣、能臣之可貴;而〈梅大中丞傳〉亦可彌補《明史》對其記載[17]稍嫌簡略之憾。

另在〈趙大司馬傳略〉起首,詳筆刻劃——「萬曆中,兩宮三殿皆災,九邊供億不給,外帑空虛。天子憂匱乏,言利者以礦稅啟之,乃以內侍充礦稅使,分道四出。……則中使為主,而武弁及奸人輔之流毒。」鋪陳昏庸貪戾之君臣、仗勢欺人之鷹犬,種種惡行劣跡,作為趙可懷大司馬出場之張本。

「其使楚者,為陳奉,市井博徒,最無行者也[18]。其出,皆建旄頭,設廬無前茅,車馬供帳,擬于王者。……稱者皆曰『千歲』,得淫奴妻,據為婦,與同臥起。采倡為鬟婢。」小修勇於揭露中使凌下欺上的醜陋嘴臉、爪牙狐假虎威的囂張行徑,文氣酣暢淋漓。

在橫徵暴歛下,「三楚富兒殆盡,括十乃進一奉,奉又僅上一。諸稅官緣引日益多,民坊酒食,皆不敢徵錢。漿酒霍肉,占歌舞妓,或強淫民子女,甚有污儒生妻,而捽儒生幾死者。民皆怨恨思亂。」

「壬寅(萬曆卅年,1602),奉居武昌舊帥侯邸,若古藩鎮,大作威福,金錢日至無算。奉大喜,寢有他志。民不堪剝刻,遂變,共起誅

---

[17] 《明史》卷 228・〈列傳〉第一百十六,〈魏學曾(葉夢熊、梅國楨)〉,葉六-九。
[18] 《明史》卷 81・〈志〉第五十七・〈食貨五〉:「姦人假開採之名,乘傳橫索民財,陵轢州縣。有司恤民者,罪以阻撓,逮問罷黜。時中官多暴橫,而陳奉尤甚。富家鉅族則誣以盜礦,良田美宅則指以為下有礦脈,率役圍捕,辱及婦女,甚至斷人手足投之江,其酷虐如此。帝縱不問。自二十五年至三十三年,諸璫所進礦稅銀幾及三百萬兩,群小藉勢誅索,不啻倍蓰,民不聊生」,葉十六。

之，燔其居。奉急從後垣走入藩府獲免。居民縛其左右數百人，皆投之
大江。……每投一人，兩岸居民皆拊掌大笑為樂。投三四日不盡。得奉
姪兒，不復投，令其四據如犬，行入水死，皆大笑。諸郡悉攘臂起，縛
稅使殺之。殺奸人無數，官不能禁。」縷縷道出官逼民反，以致人性扭
曲的情狀，令人不寒而慄。

　　「修兩宮甫竣」之少司空趙可懷，奉帝命急赴楚地，「護奉以歸，
而安慰楚民，變不日而戢」，然「諸宗攫金之變起」，趙可懷遭擊殺[19]；「舉
昔之通邑大都，號為繁華淵藪，車擊帷接，鐘鳴鼎食之第，黏履調瑟之
家，今皆厭厭然有荒涼岑寂之象。富賈困於稅，皆棄故業。農夫亦為積
逋所困，不復聊生。而朝中之名士大夫，此十年中相繼而死。往時八座
九棘，不下數十人；今或有一人兩人，人文亦漸凋落。」〈趙大司馬傳
略〉後半，寫出楚地民生、人文昔今對照，使晚明國亂政紊之象，昭然
若揭。原本「兢兢奉法，馴撓易使」之良民，慘遭蹂踐不恤，隱忍積怒
多時，終認為「為吏所窘亦死、饑寒亦死，而為盜者，其去死尚遠，黨
多則必不能我制」，「殺機大動矣」，並慣為犯上之事，「法度紀綱，從此
不振」；「向之至微至賤，見吏卒而汗下，有司捶之至死不敢出一語者，
今始覺其如虎如狼，悍猛而不可制」，乃為上者，「令民窺其不能制之故，
而使之敢為惡也。」

　　〈趙大司馬傳略〉末，小修主張嚴詰陳奉之罪，急停礦稅之策，直
陳「予于公事，因傷楚事焉，亦『漆室之憂』（喻關心國事）也」。

---

[19] 《明史》卷243‧〈列傳〉第一百三十一‧〈孫慎行〉：「楚宗人擊殺巡撫趙可懷，
　　為首六人論死，復錮英㸓等二十三人於高墻，禁蘊鈁等二十三人於遠地。慎行力
　　白其非叛，諸人由此獲釋」，葉十四。

四‧藝術技法

　　袁小修傳記小品之藝術技法極其出色，其以濃墨重彩或白描淡筆來刻劃人物，無論抉取精采片段、還是多方描摹勾勒，總能詳略得宜、神韻畢現；時採對話、獨白，展現傳主風采；或以對比、映襯，強調凸顯個性；抑藉排比句式，反語成文，塑造磅礴文氣；在在均能傳神寫照、形神兼備。

（一）精擇片段，神韻畢現

　　小修撰寫傳記，往往擷取若干戲劇性場景、熔裁富有典型意義的細節，來反映傳主的個性神采。

　　比方〈龔春所公傳〉起首，寫外公「拓落有大度，人稀見其喜慍之色」、「性舒緩，善詼諧，雖至絕糧斷炊，猶晏然笑語」，並舉出兩例為證。其一，參加舉子試時，「凡應試者，多先榜歸，公獨徐徐候榜出，閱罷，徐徐看新孝廉赴宴，買賢書數冊，然後束裝。失意者或藏匿避人，公獨與得意人無異。歲以為常。」與眾不同，從容等候放榜、觀賞新科舉人赴宴、購買參考書籍後，束裝返家，並坦然面對落榜的種種，扣緊了龔春所公拓落、性緩的特色。其二，「至四十餘，始舉于鄉。赴公車（入京會試），同事者以年老慢易之，曰：『公即當謁廣文（儒學教官）選，選一老別駕（刺史之佐吏）足以，何得同我輩上春官乎！』公笑而謝之。如此者數四，竟笑而謝之，無忤也。」即便碰上再三嘲謔，龔春所公也能一笑置之，足證其有大度、善詼諧。

　　繼寫龔大器「以藩長（布政使）致政歸，年七十餘矣」，「公能詩，與諸子諸孫唱和，推為南平社長。一日，孝廉（仲敏舅）、御史（仲慶舅），偕予兄及諸甥游石洲，以公老，難於往來，弗約。已至洲，方共

飲酒，拾石子；俄見雪浪中，有小舠迅疾而下，中有一老翁，踞胡床，指麾江山，旁若無人。互相猜疑，逼視之，則公也。舟已近，公於舟中大呼曰：『何為遂棄老子耶！』登洲，即於洲上舞拳數道，以示勇，諸人皆大笑極歡。至夜深，乃歸。各分韻紀游，公歸詩已成，即於燈下作蠅頭細字書之。明日黎明，遣使持詩，徧示諸人，俱以游倦晏起，不得一字，皆大笑。」小修僅藉幾個精彩畫面，就將已過「古來稀」之年的外公，其之健勇、氣壯及才敏，點染而出。

　　〈潘去華尚寶傳〉述及潘士藻「性至孝」，「母八十餘瞽，飲食起居必親，時于母前跳躍如小兒狀。每晚，至母房，坐臥榻前，說日中事，喃喃不實，以為常。人比之弄雛人也。……公卒于秣陵，母尚在。公甚孝，其死而不瞑目者，或以此夫！」摘錄侍奉盲母的真實點滴，感人至深。而其「官尚寶時，署中無事，乃潛心玩《易》，每十餘日玩一卦。或家中靜思，或拜客馬上思之；不論閒忙晝夜，窮其奧妙；每得一爻，即欣然起舞，索筆書之。青衿疲馬，出入廛市，于于徐徐，都忘其老。」淡淡數語，已使善玩《易》者之情態畢現。

　　描寫江盈科「住一古寺中，每出拜客，騎款段馬，革帶閣馬骼上，搜雲入霞，兩目直視，以手畫鸂鶒上，觀者異之。」此一苦思情態，在〈江進之傳〉中，只佔極少篇幅，然已足傳其神韻。

　　至於〈萬塋傳〉，寫其「為人淳厚，生平無一妄語，亦不知世間何者可好」，聽到「有譚及孌童事者」，大駭「頳面而走」；「為童子師，日得米無幾，又有高鳳癖（嗜讀），不能治生，家赤貧，朝不保夕」，故「屋欹斜，其半見天，雨至竟夜遷徙；無垣壁，方晝臥室中，有人自嶺上來者，了了見之。」看似誇張諧趣的畫面，暗藏無數辛酸。

（二）描摹勾勒，詳略得宜

在十四篇傳記小品中，〈回君傳〉文風最為活潑，側重作者本身的感受與體驗，有著濃烈的移情色彩。全傳分就王以明之名號身分、外貌癖好、性格態度，及與小修交往情況，用詳筆或略筆加以描摹勾勒。

「回君者，邑人，於予為表兄弟，深目大鼻，繁鬚髯，大類俳場上所演回回狀。予友丘長孺見而呼之謂『回』，邑人遂『回』之焉。」「回聰慧，觥娛樂，嗜酒，喜妓入骨。家有廬舍田畝，蕩盡，遂赤貧。善博戲，時與人賭，得錢即以市酒。」寓褒於貶的簡筆，寫出一位相貌獨特、行為放誕的異人。

雖「邑人皆惡之」，視回君為「無賴人」，當時小修「少年好嬉遊，絕喜與飲」；並以邑人「飲時，心若有所思，目若有所注，杯雖在手，而意別有營。強為一笑，隨即愀然。身上常若有極大事相絆，不肯久坐。偶然一醉，勉強矜持，關防忍嘿」；反襯「回則不然，方其欲酒之時，而酒忽至，如病得藥、如猿得果，如久餓之馬望水涯之芳草，蹹足驕嘶奔騰而往也。耳目一，心志專，自酒以外，更無所知。于于焉、嬉嬉焉，語言重復，形容顛倒，笑口不收。四肢百骸，皆有喜氣。」透過大量排比句式、博喻手法、叠字運用，在愁樂對比中，彰顯「夫人生無事不苦，獨把杯一刻差為可樂，猶不放懷，其鄙如何」的人生體會。

人又譏曰：「此蕩子，不顧家，烏足取！」作者再不嫌冗贅地將主觀傾向、情感好惡，涵濡在反駁中：「回為一身蕩去田產。君有田千頃，終日焦勞，未及四十，鬚鬢已白。回不顧家，君不顧身。身與家孰親？回宜笑子，乃反笑回耶？」

且在對答間，對回君「囊隨盡隨有」，「知天必不絕我，故終不憂」，「絕嗣之憂，寧至我乎」的生命哲學，袁中道亦頗表欣賞。

　　末了再以詳筆追憶兩人年少狂放、縱酒笑鬧，今日唯剩回君「家日貧，好飲日益甚。」

（三）對話獨白，鮮活靈動

　　小修善於運用對話、獨白方式，突出示現效果。如〈李溫陵傳〉中，多次穿插「對話」，展現如在目前之鮮活情態。「初未知學，有道學先生語之曰：『公怖死否？』公曰：『死矣，安得不怖！』曰：『公既怖死，何不學道？學道所以免生死也。』公曰：『有是哉？』遂潛心道妙。」在當權者遣金吾緹騎欲逮之際，病中李贄「力疾起，行數步，大聲曰：『是爲我也！為我取門片來！』遂臥其上，疾呼曰：『速行，我罪人也，不宜留！』」並以「逐臣不入城，制也。且君有老父在」之語，阻止御史馬經綸陪同，馬卻答曰：「朝廷以先生為妖人，我藏妖人者也，死則俱死耳，終不令先生往，而已獨留。」李堅毅無畏、不欲牽累他人，及馬的豪情義氣，皆在對答中自然流露。

　　後，大金吾實訊曰：「若何以妄著書？」「侍者掖而入、臥於堦上」的李贄答曰：「罪人著書甚多，具在，于聖教有益無損。」因判旨久久不下，獄中李贄割喉自盡，「氣不絕者兩日」，侍者探問「痛否？」、「何自割？」李「以指書其手」答道：「不痛！」、「七十老翁何所求？」遂絕。小修以簡短對答行文，使李贄之風骨傲然湧現。

　　其間亦有採「獨白」方式，寫出李溫陵的內心世界，如曰：「我老矣，得一二勝友，終日晤言，以遣餘日，即為至快，何必故鄉也！」又常曰：「我得《九正易因》成，死快矣！」

　　從任官交友、為學修道，至臥病遭逮、受審自戕，小修透過「對話」、「獨白」的書寫方式，使李贄孤傲屠弱的身影躍然目前，更讓人於不經

意間，受到萬鈞筆力的撼動。其他篇章亦不乏類似之例，可在平鋪直敘中，憑添無限風韻。

（四）對比映襯，彰顯特色

為彰顯傳記主人翁的特色，袁小修喜採對比、映襯技巧。比方〈關木匠傳〉，寫鄉里「無所知名」的關木匠，因挺身助霍姓之人，持斧怒氅前來爭刈麥子之周姓者；「霍氏懼，知周必訴于官，度廷福且走，己當獨罪，乃急呼與飲，既至，霍楗其門。廷福笑曰：『我為公抱不平，殺人至死，罪自我當之。若走，非男子也！』」小人、君子之別，判然立現。傳末云：「廷福不識一字，亦不知何者為義俠；然其抱不平，至死不撓，大有男子氣。今世士大夫遇小小利害，即推委他人，以寬己責，況生死之際乎！彼所謂讀天下之書者也。」用號稱飽讀詩書的士人、竟多諉過卸責之澆薄行徑，來反襯不識之無、卻能濟弱扶傾的關木匠；非但可增添人物光彩，並能應證鄉人「囚耳，烏足道」之識淺。

至於〈江進之傳〉，寫江盈科「與中郎遊，若兄弟。行則並輿，食則比豆。迎謁行役，以清言消之，都忘其憊，若江文通（江淹）、袁叔[20]明（袁炳）云」，亦採映襯法，展現二人互補、合契之交情。江進之「壬辰（萬曆廿年，1592），舉於南宮，為長洲令」，後，「中郎為吳縣令」。「中郎治吳嚴明，令行禁止，摘發如神，獄訟到手即判，吳中呼為『升米公事』，縣前酒家皆他徙，徵租不督而至。亦不自發封，私牘沒塵土內數寸不啟。無事閉門讀書，往來無翕翕熱。」而江則恰相反，「直以純真為治，積蠹亦不盡除，租訟或少需，黎明而起，以火從事」；「然兩

20　《珂雪齋集》卷之十七〈江進之傳〉原誤作「淑」，頁726。江淹〈袁友人傳〉（《全梁文》（清）嚴可均輯，北京‧商務印書館，1999年）：「友人袁炳，字叔明，陳郡陽夏人。……與余有青雲之交，非直銜杯酒而已。」

縣皆大治」。「上官至，有小酬應，不必中郎知，公皆代爲之。」甚至，具獄當事者，「付吳令平反」，江也自承誤判「不爲嫌」，有人「向公才吳令，公聞之若甘露灑而清風拂也。」小修藉頌揚二哥之政績能力，正襯出江盈科的天真圓融與雍容大度。

（五）排比鋪陳，反語成文

萬曆十九至二十一年（1590-1593）間，公安三袁與李贄交往密切，曾分別或連袂多次前往請益。小修〈寄李龍湖〉書云：「中道，楚腐儒也。長營箋疏，無復遠志；繭守一室，空懷汗漫。先生今之李耳，相去非遙，而自遠函丈，深爲可愧。秋初有丈夫紫髯如戟，鼓棹飛濤而訪先生湖上者，此即袁生也。不揣愚昧，敢以姓名通之先生。」[21]為「今之李耳」作傳，必定慎重其事。

在〈李溫陵傳〉中，雖有勾勒李贄因抱持過度完美主義，遂滋「強迫症」的行徑，如「體素羸，澹於聲色，又癖潔，惡近婦人」、「性愛掃地，數人縛帚不給；衿裙浣洗，極其鮮潔；拭面掃身，有同水淫」、「不喜俗客，客不獲辭而至，但一交手，即令之遠坐，嫌其臭穢」等；但有更多地方，特用略見錯綜之排比句，以相反相成之語，來烘托其特立獨行、崇思闊議，如：「其忻賞者，鎮日言笑；意所不契，寂無一語。滑稽排調，衝口而發，既能解頤，亦可刺骨。」「公氣既激昂，行復詭異。……發道學之隱情，風雨江波，讀之者，高其識，欽其才，畏其筆。」「蓋公於誦讀之暇，尤愛讀史，於古人作用之妙，大有所窺。以為世道安危治亂之機，捷于呼吸，微于縷黍。世之小人，既僥倖喪人之國；而世之君子，理障太多，名心太重，護惜太甚，為格套局面所拘，不知古人清

---

[21]　《珂雪齋集》卷之二十三，頁 971。

淨無為，行所無事之旨，與藏身忍垢，委曲周旋之用。使君子不能以用小人，而小人得以制君子。故往往明而不晦，激而不平，以至于亂。而世儒觀古人之跡，又概繩以一切之法，不能虛心平氣，求短于長，見瑕于瑜。好不知惡，惡不知美。」「凡古所稱為大君子者，有時攻其所短；而所稱為小人不足齒者，有時不沒其所長。其意大都在于黜虛文，求實用；舍皮毛，見神骨；去浮理，揣人情。」

傳記前半敘人述事，擇要描摹「公為人中燠外冷，丰骨稜稜」的一生。後半論書議人，「特其出之也太早，故觀者之成心不化，而指摘生焉。」人、書兩線，交綰成文，敘議間錯，飽蘸惋惜讚嘆之情。

傳末，採「本……而……」句型，道盡「公之為人，真有不可知者」。其一「本絕意仕進人也，而專談用世之略，謂天下事決非好名小儒之所能為。」其二「本狷潔自厲，操若冰霜人也，而深惡枯清自矜、刻薄瑣細者，謂其害必在子孫。」其三「本屏絕聲色，視情慾如糞土人也，而愛憐光景，於花月兒女之情狀，亦極其賞玩，若借以文其寂寞。」其四「本多怪少可，與物不和人也，而于士之有一長一能者，傾注愛慕，自以為不如。」其五「本息機忘世，槁木死灰人也，而于古之忠臣義士，俠兒劍客，存亡雅誼，生死交情，讀其遺事，為之咋指斫案，投袂而起，泣淚橫流，痛哭滂沱，而不自禁。」

繼而以設問修辭，反言對比舉出「其人不能學者有五」：「公為士居官，清節凜凜；而吾輩隨來輒受，操同中人，一不能學也。公不入季女之室，不登冶童之牀；而吾輩不斷情慾，未絕嬖寵，二不能學也。公深入至道，見其大者；而吾輩株守文字，不得玄旨，三不能學也。公自少至老，惟知讀書；而吾輩汩沒塵緣，不親韋編，四不能學也。公直氣勁節，不為人屈；而吾輩怯弱，隨人俯仰，五不能學也。」並以「不願學

者有三」，代李卓吾抒發「才太高，氣太豪，不能埋照溷俗，卒就囹圄」的怨懟。

　　李溫陵的氣度風骨、神采學養，就在層層排比反語中，清晰呈現，並臻難以企及之高度。

　　此外，一般較為常見之修辭技巧，如「博喻」[22]、「誇飾」[23]、「轉品」[24]、「疊字」[25]等，在十四篇傳記小品內，不一而足，毋庸贅語。

五‧結語

　　無論人物尊卑、事跡巨微，若有可供師法，或足垂戒者，懼其等湮沒不彰，文人常為之立傳，以垂後世，袁小修傳記文亦然；除飽含性靈逸趣，以反映當時新興啟蒙意識者外，更因政局時事，常蘊一股悲愴之音，展現「味外味」的深意，使幅短小品，卻能墨稀而旨永。

---

[22] 如：《珂雪齋集》卷之十七〈回君傳〉：「回則不然，方其欲酒之時，而酒忽至，如病得藥、如猿得果；如久餓之馬，望水涯之芳草，踏足驕嘶奔騰而往也」，頁706。同卷〈李溫陵傳〉：「夫六經、洙泗之書，梁肉也；世之食梁肉太多者，亦能留滯而成痞。故醫者以大黃蜀豆瀉其積穢，然後脾胃復而無病。九賓之筵，雞豚羊魚，相繼而進；至於海錯，若江瑤柱之屬，弊吻裂舌，而人思一朵頤。則謂公之書為消積導滯之書可；謂是世間一種珍奇，不可無一，不可有二之書亦可」，頁723-724。

[23] 如：《珂雪齋集》卷之十七〈石浦先生傳〉：「後賊盜報讐者數百人突至，公（袁暎）逐之於雙田，盡殲之，水為之赤」，頁707。同卷〈趙大司馬傳略〉：「不肖長令，或嗅其靴鼻」、「水陸誅盈，搜肉見骨」，頁730-731。

[24] 如：《珂雪齋集》卷之十六〈龔春所公傳〉「所為文規秦藻漢」，頁698。卷之十七〈趙大司馬傳略〉：「是皆膏脂吾曹者」，頁732。

[25] 如：《珂雪齋集》卷之十七〈潘去華尚寶傳〉：「隱隱、于于、徐徐、娓娓、淼淼」，頁728-730。同卷〈吳龍田生傳〉：「屢屢、一一、往往、隆隆、于于、蒸蒸、恂恂、了了」，頁738-739。

　　人我關係、事件起止、場景更替，是人物傳記的「內在結構」；以時間橫軸為度，經緯交錯了廣袤的政治、軍事、社會、思想、文化、經濟等層面，透過文字藝術技巧，具象敘述、抽象議論，或工筆、或寫意，立體呈現傳主生命與作者情志。袁小修傳記小品，仍維持公安派一貫的文學見解，不泥格套，「以意役法，而文之精光始出」[26]，展現個性，因慧黠之氣「流極而趣生焉」[27]；其抉選尊長晚輩、良師益友、豪士賢者之言行舉措，當作撰述題材，冀現己身敬仰典範、人生態度、釋道思想、政治理念、文學主張及現實景況，並自然流露詳略得宜、傳神寫照、形神兼備的文藝功力；亦試圖藉茲導正公安末流率意淺露之弊，故時採史家筆法行文，並仿《史記》「太史公曰」，以「外史氏曰」[28]、「中道曰」[29]、「袁子曰」[30]、「上生居士曰」[31]作結。

　　本篇發表於：民國九十五年五月十二、十三日「第七屆中國修辭學國際學術研討會」上（東吳大學中國文學系、中國修辭學會主辦），後收入《修辭論叢》第七輯（中國修辭學會、東吳大學中文系主編，民95年10月），頁197-223。

---

[26] 《珂雪齋集》卷之十一〈中郎先生全集序〉，頁521。

[27] 《珂雪齋集》卷之十〈劉玄度集句詩序〉，頁456。

[28] 《珂雪齋集》卷之十六〈龔春所公傳〉，頁699、卷之十七〈江進之傳〉，頁727。

[29] 《珂雪齋集》卷之十七〈石浦先生傳〉，頁711。

[30] 《珂雪齋集》卷之十七〈梅大中丞傳〉，頁719。

[31] 《珂雪齋集》卷之十七〈袁氏三生傳〉，頁736。

伍、袁小修《遊居柿錄》論要

【摘要】先以「前言」概述袁中道（小修）日記——《遊居柿錄》，繼而研究其家世鄉里、兄長師友，以了解小修之身家背景與成學經過；並且探討晚明社會狀況、文學風潮，對作者所造成之正、負面影響。再依「遊勝妙處、仕隱挣扎、友于情篤、性格特色、癖好嗜欲、雅致逸趣、風俗民情、異人殊事、評文論學、議論考引」等十端，來探析《遊居柿錄》之題材內容。至於該日記的形式風格，則分就「信手拈來、情真意切，不費剪裁、直露顯豁，妙用譬喻、屢見疊字，巧現匠心、畫龍點睛」四方面，加以論述。末了，總結袁小修《遊居柿錄》的價值。

【關鍵詞】袁中道（袁小修）、遊居柿錄、日記

一‧前言

　　晚明小品大家袁中道，字小修，其採日記體形式，自神宗萬曆三十六年（西元 1608 年，時年三十九歲）十月初一起，至四十六年十二月二十八日封印止，記錄了約十年間出遊與閒居的片斷，寫成《遊居柿錄》十三卷。除了三十七年春季列於卷二，夏秋冬種種則歸卷三，以及三十八年分置於卷四、卷五外，其餘均一年一卷。中道〈答錢受之〉書云：「弟前歲（萬曆四十二年，1614）一病幾殆，故取近作壽之于梓，名為

《珂雪齋集》。蓋弟有齋名珂雪（如玉似雪般地潔白），取《觀經》（乃《佛說觀無量壽經》的簡稱）『觀如來白毫相如珂雪』意也。……日記係另一書，目下亦未可出耳。」[1]彼時尚未輟筆刊行的「日記」，即是《遊居柿錄》，後屬之於《珂雪齋外集》。

現存較完整的《遊居柿錄》，為明熹宗天啟四年（1624）之刻本，該本並無序跋，僅在卷三、卷八與卷十一末，分別有「天啟甲子上元前三日，夏大鵬校于承恩禪寺」、「天啟甲子元宵後一日，夏大鵬校于承恩禪寺」及「天啟甲子上元後四日，夏大鵬校于承恩禪室（當作「寺」）」之注記。

「柿」音「沸」，原指古代用以書寫的薄小木片；「柿錄」者，隨筆札錄也。《遊居柿錄》並非逐日記載，也不一定標明日期，但總依時間先後為序，涉繁出簡，信手揮灑出人事物情、山容水色、述學談藝、衡文論道、考證臧否等。每則篇幅不一，短或五言，長達千百餘字。

二‧身家背景

（一）家世鄉里

袁中道號柴紫居士，晚號凫隱居士。穆宗隆慶四年（1570）五月初七[2]，生於湖廣公安（今湖北省、公安縣）長安村[3]，卒於熹宗天啟六年

---

[1]　（明）袁中道著、錢伯城點校：《珂雪齋集》卷之二十五（上海：上海古籍出版社，1989），頁1073。《珂雪齋集》以萬曆46年（1618年）24卷《珂雪齋前集》為底本，再彙合10卷《珂雪齋近集》、24卷《珂雪齋集選》及13卷《珂雪齋外集遊居柿錄》而成，共分上、中、下三冊。

[2]　《珂雪齋集‧珂雪齋遊居柿錄》卷之十三，第48則，頁1407。

[3]　「初，大人與兩兄皆居長安村中（今孟溪鎮孟溪村）」，《珂雪齋集‧珂雪齋遊居

（1626）[4]，終年五十七歲。其先世由江右（江西）遷至蘄黃間[5]，遭世亂離，譜牒莫詳；洪武中，為戍卒，屯田公安之長安里[6]。曾祖袁暎是位出入帶劍、驅馳怒馬、著韐鞈衣的俠義之士，曾任賊曹一職；祖父袁大化偃武修文，慷慨然諾，嘉靖年間，因賑濟災民致使家道中落[7]。父親袁士瑜，十五歲赴童子試，榮登榜首，卻以廩生抱憾終老；娶妻河南布政使龔大器（嘉靖二十至三十四年間，大器為袁氏家塾之西席；三十五年，1556，高中進士）之女，生一女三子[8]。長男袁宗道，字伯修，號石浦（嘉靖三十九～萬曆二十八年，1560-1600），享年四十一；次子袁宏道，字中郎，號石公（隆慶二～萬曆三十八年，1568-1610），得年四十三；老三即袁小修，歲數較兄長稍長。父親是袁氏昆仲最具關鍵性的蒙師，小修曾云：「予兄弟三人，皆龝知文，而其始，實先君子啟之以學。學之時，不論華言梵冊，種種搜求。蓋久之欣然有遇，如雷開蟄戶。近思先君子之教予三人，不寬不嚴，如染香行露，教之最有風趣者也。」[9]

柿錄》卷之八，第 124 則，頁 1299。
[4] 康昌泰先生據清・咸豐版《袁氏族譜》，認為小修生卒年應為 1570-1626，見於湖北公安派文學研究會編，《晚明文學革新派公安三袁研究》・〈關於袁中道生卒年小考〉（湖北・華中師範大學出版社，1987），頁 299。
[5] 「蘄州之袁，本江西，即從天順北狩袁斌之後也」，《珂雪齋集・珂雪齋遊居柿錄》卷之十，第 158 則，頁 1354。
[6] 《珂雪齋集》卷之十八，〈吏部驗封司郎中中郎先生行狀〉，頁 754。
[7] （明）袁宏道：《袁中郎全集》・《袁中郎文鈔》——「誌銘」・〈余大家袝葬墓石記〉（台北：世界書局，民 79 年，三版），頁 45。
[8] 「予同胞三男一女」，《珂雪齋集・珂雪齋遊居柿錄》卷之七，第 160 則，頁 1271。「予同母兄弟四人，其一為姊，姊兄伯修，而弟中郎及予。少以失母，故最相憐愛。……龔氏舅攜姊入城鞠養。……及長，歸于毛氏」，《珂雪齋集》卷之九，〈壽大姊五十序〉，頁 431。
[9] 《珂雪齋集》卷之十，〈二趙生文序〉，頁 489。

　　《遊居柿錄》卷之六，第一二三則：「緣先母龔太安人生予兄弟三人，早喪。長伯修，次中郎，次即予。先母去世，大人未繼，庶母劉即掌家政，生二弟安道（字方平）、寧道（字澹浦）。母氏早喪，三孤備嘗荼苦，予不忍言之也。」髫齔失恃的心酸，不言而喻。

　　小修十餘歲作〈黃山賦〉、〈雪賦〉五千餘言，早享文譽[10]，然偃蹇場屋，萬曆三十一年（1603）始登賢書，其於〈送蘭生序〉中自道：「三十四而舉於鄉，海內不熟予者，競以予為宿儒。蓋因予名早著，而疑其年。」[11]遲至萬曆四十四年（1616）四十七歲，方得側身進士行列；四十六年（1618），授徽州府教授；次年，任南京國子博士，後又任禮部主事、吏部郎中等職。

　　公安位於荊江南岸，是古代長江南入洞庭湖的故道，境內河瀆縱橫、湖堰棋布，歷代迭遭洪潦之苦，遂磨練出公安人堅毅卓絕、樂觀曠達的民風；而綺麗浪漫、飛揚流動的荊楚文化傳統，也蘊蓄了三袁趨新尚變、不囿陳套，重視情性、傾心趣韻的人文精神。

（二）兄長師友

　　三袁的二舅龔仲敏（字惟學，別號夾山），「少年經術兼詞學，中歲空門又道家」[12]，萬曆元年（1573）舉人，曾結「陽春社」，「自有此社，人始知程墨之外，大有書帙；科名之外，大有學問。」[13]袁氏兄弟俱入社，深蒙啟迪陶冶，也奠定日後高揭文學革命大纛的基礎，正如伯修所

---

[10]　《袁中郎全集》•《袁中郎文鈔》——「序文」•〈敘小修詩〉，頁 5。

[11]　《珂雪齋集》卷之九，頁 448。

[12]　（明）袁宗道著、錢伯城標點：《白蘇齋類集》卷之三「今體」•〈孝廉舅惟學〉（上海：上海古籍出版社，1989），頁 29。

[13]　《白蘇齋類集》卷之十「序類」•〈送夾山母舅之任太原序〉，頁 128。

言，「蓋謬疑開闢蓁蕪自我兄弟，而不知點化熔鑄，皆舅氏惟學先生力也」[14]。

理性穩實的袁伯修，二十歲鄉試中舉，萬曆十四年（1586），二十七歲中會元，殿試二甲第一（在三鼎甲之後，即第四名），賜進士出身，得入選翰林院為庶吉士，歷任編修、東宮講官。小修〈告伯修文〉云：「自失母之後，兄弟姊妹四人，伶仃孤苦。我時年最小，視兄如父也。里舍書房中，三人相聚講業，夜窗風雨，未常一日不共也。門戶凋零，幸而兄致身青雲，數十年以內，家門昌熾，無一髮一毛非兄賜也。蕞爾之邑，不知有所謂聖學禪學，自兄從事于官，有志于生死之道，而後我兄弟始仰青天而見白日矣。」[15]袁伯修提攜教導兩位弟弟，光耀袁氏門楣，更以儒詮佛，圖證二家合一之旨，拓展了公安士子學涉的深、廣度。伯修對小修總是鼓勵有加，其〈又答梅開府先生〉曰：「三弟，愚兄弟中白眉也，阿兄頗心遜而私賞之。」[16]連諄諄規勸，也充滿體諒包容，〈寄三弟〉書云：「又邑中人云：弟日來常攜酒人數十輩，大醉江上，所到市肆鼎沸。以弟之才，久不得意，其磊塊不平之氣，固宜有此。然吾弟終必達，尚當靜養以待時，不可便謂一發不中，遂息機也。」[17]

踔厲風發、超軼絕塵的二哥與小弟，更是心性相近、志同道合的手足至親，袁中郎對小修的影響遠勝於長兄；小修撰〈吏部驗封司郎中中郎先生行狀〉云：「弟中道，少先生二歲，少同塾，長同校，以失母蚤，倍相憐愛。後先生宦遊南北，中道皆依之如形影不離。……伯修與先生，雖于千古不傳之秘，符同水乳，而于應世之跡，微有不同。伯修則謂居

---

[14] 同前注。
[15] 《珂雪齋集》卷之十九，〈告伯修文〉，頁787。
[16] 《白蘇齋類集》卷之十五「箋牘類」，頁201。
[17] 《白蘇齋類集》卷之十六「箋牘類」，頁232。

人間，當斂其鋒鍔，與世抑揚，萬石周慎，爲安親保身之道。而先生則謂鳳凰不與凡鳥共巢，麒麟不共凡馬伏櫪，大丈夫當獨來獨往，自舒其逸耳，豈可逐世啼笑，聽人穿鼻絡首！」[18]〈寄蘇雲浦〉一函云：「一日不相見，則彼此懷想；纔得聚首，歡喜無窮；忽爾分袂，神色黯黯。」[19]中郎於萬曆二十年（1592），二十五歲即成進士，然僅中三甲第九十二名，只能屈就縣令等小官，仕宦之途雖較小修順遂，但遠不如長兄顯赫。

　　三袁的思想淵源，同中有異，伯修儒學氣息較濃；中郎則博採眾長，與〈袁無涯〉一函云：「僕碌碌凡材耳，嗜楊之髓，而竊佛之膚；腐莊之膂，而鑿儒之目」[20]，其擷取楊朱「貴生」、「重己」、「全性保真」的精髓，吸取佛學基本觀念，學習莊周善辯機鋒，再加上儒家觀察事物的敏銳能力；小修則受兄長薰染，兼容儒、釋、道三家，而傾向於莊禪，中郎〈敘小修詩〉云：「顧獨喜讀《老子》、《莊周》、《列御寇》諸家言，皆自作註疏，多言外趣，旁及西方之書（指佛經），教外之語，備極研究。」[21]

　　至於啟蒙主義思想家、文學革新理論家李贄（字卓吾，號宏甫、龍湖叟）對王艮「泰州學派」繼承了陽明心學，將聖人之道落實於日用倫常間，以自然爲宗，主良知本體的理論，頗爲信服；遂主張「聖人與凡人一」，「不以孔子是非爲是非」，批判士子多讀書識義理反障己之「童心」（即孟子所謂的「赤子之心」，乃純真之初心），勇敢揭露假道學的虛偽，強烈要求個性解放。透過焦竑的引薦，三袁曾多次分別或連袂向李贄請益，受到關鍵性的影響。伯修修書〈李宏甫〉曰：「翁（李贄）

---

[18] 《珂雪齋集》卷之十八，頁 754、756。
[19] 《珂雪齋集》卷之二十三，頁 999。
[20] 《袁中郎全集》・《袁中郎尺牘》，頁 77。
[21] 《袁中郎全集》・《袁中郎文鈔》──「序文」・〈敘小修詩〉，頁 5。

明年正七十，學道諸友，共舉一帛爲賀。蓋翁年歲愈久，造詣轉玄，此可賀者一。多在世一日，則多爲世作一日津梁，此可賀二。」[22]〈吏部驗封司郎中中郎先生行狀〉曰：「先生（中郎）既見龍湖（李贄），始知一向掇拾陳言，株守俗見，死于古人語下，一段精光，不得披露，至是浩浩焉如鴻毛之遇順風，巨魚之縱大壑。能爲心師，不師于心；能轉古人，不爲古轉。發爲語言，一一從胸襟流出，蓋天蓋地，如象截急流，雷開蟄戶，浸浸乎其未有涯也。」小修〈寄李龍湖〉曰：「先生今之李耳，相去非遙，而自遠函丈，深爲可愧。」[23]對公安三袁知之甚深的錢謙益（字受之）於〈陶仲璞遁園集序〉云：「萬曆之季，海內皆詆訾王李，以樂天、子瞻爲宗，其說倡以公安袁氏。而袁氏中郎、小修，皆李卓吾之徒，其指實自卓吾發之。」

　　在小修的生命歷程中，朋友也是不可或缺的要素，〈寄長孺〉云：「追思少年浪遊海內，所交者皆一時之英雄豪傑，而年皆長于我。最長者爲李龍湖（贄）、梅客生（國禎）、潘雪松（士藻）諸公，次之則爲黃慎軒（輝）、伯修諸公，又次之則爲中郎及曾（可前）、雷（思沛）諸公，而今皆先我而去。」[24]加上陶望齡、江盈科、謝肇淛、錢謙益、潘之恆、丘垣、龍膺等人，藉結社、遊歷、酬和，彼此切磋精進。

（三）社會狀況

　　明神宗昏庸怠政，貪暴酖色，以致閹宦縱恣、黨爭劇烈，邊患日深，內亂頻仍，國家運勢已日薄西山，知識份子荊天棘地，朝不保夕，袁小修〈與丘長孺〉云：「天下多事，有鋒穎者，先受其禍，吾輩惟嘿惟謙，

22　《白蘇齋類集》卷之十六「箋牘類」，頁 223。
23　《珂雪齋集》卷之二十三，頁 971。
24　《珂雪齋集》卷之二十四，頁 1043。

可以有容。」[25]中郎〈何湘潭〉書云:「吏情物態,日巧一日;文網機穽,日深一日。」[26]

　　然而,當時江南地區,農業發達,紡織業興盛,商品經濟異常活躍,城市繁榮,市民階層崛起,對物質情慾的追求也日益高漲,「存天理,滅人欲」的程朱理學,受到強烈抨擊,逐漸喪失維繫道德人心的制約力量;因此上恬下嬉,競尚浮華,人們渴求現世的聲色犬馬,唾棄禁欲主義,放浪怪誕、越俗僭禮、不羈名法的行徑屢見,狂狷癖病、疏率自放的文人才子,備受歆羨。所謂的雅人高士則講究精緻品味,將百工技藝、亭台園林、書畫古董,巨細不捐地視作賞玩樂道之物;至於結社聚會、徜徉山水、詩文唱答、談禪論學,乃是慣見的活動。

　　晚明,正是雅文化與俗文化相兼互容的特定時期,超逸思想和俗媚行徑也能並行而不悖。

(四) 文學風潮

　　明中葉以後,前七子(李夢陽、何景明等)與後七子(王世貞、李攀龍等),標榜「文主秦漢,詩規盛唐」(《明史·卷二八五·文苑傳序》),以擬古、復古來改革臺閣體雍容嘽緩,脫離現實之弊病,卻造成「物不古不靈,人不古不名,文不古不行,詩不古不成。」(李開先·〈崑崙張詩人傳〉)的偏頗現象。

　　神宗萬曆年間,公安三袁主張「獨抒性靈,不拘格套」,強調作者的膽量、見解、才氣、學識與趣韻,認為「變以存真」,反對貴古、復

25　《珂雪齋集》卷之二十三,頁 978。
26　《袁中郎全集》·《袁中郎尺牘》,頁 16。

古、襲古。而應「師心不師道」，肯定「本色獨造語」，畢竟，文學會順時勢變化，而各具特色。

錢謙益《列朝詩集小傳‧丁集中‧袁庶子宗道》云：「其才或不逮二仲（中郎、小修），而公安一派實自伯修發之。」小修《珂雪齋集‧卷之十一‧中郎先生全集序》：「先生出而振之，甫乃以意役法，不以法役意，一洗應酬格套之習，而詩文之精光始出。……至于今天下之慧人才士，始知心靈無涯，搜之愈出，相與各呈其奇，而互變其窮，然後人人有一段真面目溢露於楮墨之間。即方圓黑白相反，純疵錯出，而皆各有所長，以垂之不朽，則先生之功於斯為大矣。」《明史‧卷八十八‧文苑傳》：「至宏道，蓋矯以清新輕俊，學者多舍王、李而從之，目為公安體。」宗道發軔于先，宏道弘揚于次，中道則作了最後的補充與修正，使公安派在晚明文學革命中，獲致成功，且影響深遠。

三‧題材內容

晚明小品突破了「道統」的軌轍，不再講求「文以載道」的文學使命感，且縱逸出古文體製，無視所謂的「文統」，轉以閒散悠然的筆調，絮語漫談的形式，任真率性、無所不可的題材內容，來體現展露人生。《遊居柿錄》更佔有日記體的優勢，或記敘、或抒情，偶或議論，長短隨意，紀錄袁中道三十九至四十九歲間，所經歷過的喜怒哀樂、風花雪月和領悟感慨。

（一）遊勝妙處

《遊居柿錄》首卷第二則中，小修明言自己「家累逼迫，外緣應酬，熟客嬲擾，了無一息之閒。以此欲遠遊者。」間或出遊，可暫避經濟壓

力，兼能省卻無聊酬酢、人事紛擾。而目的有三：「一者，名山勝水，可以滌浣俗腸。二者，吳越間多精舍，可以安坐讀書。三者，學問雖入信解，而悟力不深，見境生情，嶮途成滯處尚多；或遇名師勝友，借其霧露之潤，胎骨所帶習氣，易于融化，比之降服禁制，其功百倍。」此外，尚冀望藉茲紓憂解懣，卷之五‧第十六則：「思游吳越以散鬱懷」，卷之七‧第四十一則：「予新失父兄，懷抱作楚甚，沉痾不減。醫者云：『惟任意遊遨，散其鬱火，則尚可望生。』予是之。」

八舅龔仲安（字惟靜，號靜亭，僅大中道一歲）將極其堅固自製之舟，借給了小修，小修定舟名為「汎鳧」[27]。汎家浮宅於山光水色，必可澄懷滌慮、專心致志，更能突破空間侷限，問學請益，以文會友。如：

卷之三‧第四十二則：「赴焦（竑）先生之招，因論學次。」

卷之八‧第十七則：「赴蔡公招，縱譚三教異同之辨，及經世出世之術。」

卷之三‧第三十八則：「夜與友人共論學，予自悼染習深重，二六時中，未得乾淨，俱是生死業緣。」

卷之十二‧第一二四則：「數日與（李）夢白論學，盡出破綻相商。」

卷之三‧第六十二則：「得陶石簣（望齡）先生訃音，感嘆泣下者久之。……我之發舟，大半為先生來，庶幾以學問相參證；而詎意損折，傷哉！傷哉！」

又如：

卷之三‧第三十四則：「大會文士三十人于秦淮水閣，各分題懷去。」

卷之三‧第四十三則：「大會文士四十餘人于羅近溪先生祠。」

---

[27] 《珂雪齋集‧珂雪齋遊居柿錄》卷之二，第 51 則，頁 1136。

袁中道云：「若予者，則止用小樓船往來江上，隨風上下，追陶峴（時號「水仙」）、張志和（自稱「煙波釣徒」）諸公後耳，不復問置宅事矣。」[28]舟遊更有使人耳目清寂，擺脫是非毀譽，全性養生[29]的妙處。

（二）仕隱掙扎

中國傳統知識份子，每以出仕或歸隱的抉擇，作為道德操守的試煉，雖嚮往山林，然若時勢許可，總希望能經世濟民。而明知政風靡敝、官場險惡，已受啟蒙思潮洗禮的晚明文人，猶以科考作為實踐自我的指標，卻不一定會堅守仕宦之途，畢竟，強調個人、肯定欲求的觀念，已壓倒一切。

從卷一起，直至卷十一小修及第後，《遊居柿錄》中，隨處可覓得企望棲隱的筆墨，卷首頭條即云：「筭篔谷內，竹日茂，花日盛，中添亭台數處，頗懷棲隱之志。」餘如：「人家田疇，林陰水色，令人作棲隱想」[30]、「抵公安，至家園，……花木陰森，芍藥盛開，時新筍已茁，每到此便有棲隱之志」[31]、「隱為快，仕而復隱尤快。況居官侍從，棄去入山，以清泉白石，娛我心目，逍遙自在，豈非一生大便宜人。」[32]

然而名路之念難捨，與老父之殷殷期盼，加上兩位兄長順利高中的潛在壓力，迫使小修在科場中顛躓了二三十年。卷之三・第八十六則曰：「如我輩名根未斷，連年奔走場屋，今已四十，頭髮大半白矣，得來受

---

[28] 《珂雪齋集・珂雪齋遊居柿錄》卷之一，第 38 則，頁 1112。

[29] 「自思到舟中以來，已近一月矣，耳目清寂，毀譽是非不到，應酬減少。……人見我好居舟中，不知舟中可以養生，飲食由己，應酬絕少，無冰炭攻心之事」，《珂雪齋集・珂雪齋遊居柿錄》卷之三，第 10 則，頁 1143-1144。

[30] 《珂雪齋集・珂雪齋遊居柿錄》卷之三，第 47 則，頁 1153。

[31] 《珂雪齋集・珂雪齋遊居柿錄》卷之九，第 40 則，頁 1310。

[32] 《珂雪齋集・珂雪齋遊居柿錄》卷之十二，第 90 則，頁 1393。

享，亦無幾時。」卷之四・第二十三則曰：「自念已四十餘矣，常奔走場屋，勞苦不堪，捨之又不能，真是前生業緣。」卷十一・第一二七則指出：「予念鬈年，大人即屬望以登第。」卷之六・第一一一則：「與方平弟治一勺于大人前，大人諄諄勉以作舉業[33]。」第一二一則：「大人病勢較退，病中喃喃，命兒不輟進取。」卷之九・第八十則，袁父對中郎、小修曰：「汝兄（伯修）已亡，尚須汝等取功名以大吾門。」

雖說仕隱間充滿矛盾掙扎，一如卷之三・第十一則所云：「有事勞心勞形，既不快矣；及無勞心形之事，而復紛紛馳求，攀東緣西，豈非世間苦人？然攀緣境界已熟，一時走虛閑路上，真非容易也。」第七十七則云：「墮地以來，為功名事將心血耗盡，何如不讀書孱人，騎款段游行鄉里間，優游六七十歲而死耶。」但，小修終究還是「得了頭巾債」[34]。

其實，戮力從公的長兄，瀟灑為官的二哥，對小修仕隱觀都有影響。卷之十二・第八十六則的一段話，頗具代表性——「歸山果是第一佳事，但終身不出，則可。若歸六七年後，宦情不斷，後思一出，則不如趁色力強健時，為朝廷出力耳。」可歎，「予年四十八，始離士而宦」[35]；以豪俠自任的袁中道，也只能正話反說，藉「汎鳧」抒發憤懣罷了，卷之二・五十一條曰：「定舟名曰『汎鳧』，用《楚詞》『汎汎若水中之鳧，

---

[33] 《珂雪齋集》卷之九〈送石洋王子下第歸省序〉亦曰：「往年予亦修香光之業，自覺功名已灰冷矣。伯修去家，大人絕苦，予偶拈筆為時義，大人見之嘆曰：『此是我破鬱丹也。』予乃發憤下帷，曰：『苟可以慰吾親者，即頭目腦髓，吾不難捨，況此熟用之意根，有何難穿鑿耶？』故每撰一義，窮日之力，通於夢寐。去年大人六十，兒筆設酒筵，招歌舞，欲以娛大人。大人曰：『爾但偕兩弟來作舉業二首，吾脾自開，勝於歌舞酒筵多矣。』父母恩深，既見其生，亦欲其可，此實人情也」，頁446。
[34] 《珂雪齋集・珂雪齋遊居杮錄》卷之十一，第29則，頁1361。
[35] 《珂雪齋集・珂雪齋遊居杮錄》卷之十二，第1則，頁1379。

與波上下，偷以全吾軀也。』汎汎偷生，屈生非不知其樂，但宗國受難忍之辱，旁觀抑鬱，自不容苟延。予幸生太平之世，少未立朝，不與人家國事，偷以全軀，正其事也。」

（三）友于情篤

袁小修常將公安三袁與蘇軾、蘇轍相比較——「今吾兄弟三人，相愛不啻子瞻之於子由。子瞻無兄，子由無弟，其樂尚減于吾輩。」[36]

小修曰：「予與中郎形影不離數十年」[37]，「中郎與予原不分爾我，意謂可以忘言者也。」[38]僅差兩歲的袁宏道、袁中道，手足情誼令人稱羨感動。《遊居柿錄》內，使人印象最為深刻的片段，大概是卷之五（萬曆三十八年後半）‧第二十七到第三十九則，小修一反前例，逐條註明日期，記錄了中郎發病至身亡的情況，先是八月二十二日李姓老醫切脈曰中郎無病，然其火病愈甚，再延請陳醫來診，亦曰無病，但小修卻從「意稍安」至「心甚皇皇」，轉而為「獨予私憂之，而人頗有笑予張皇者。」雖然小修親自「為中郎料理藥餌」、「調理飲食」，「一刻不能離左右」，不過，中郎病況急轉直下，九月初六晚，自云：「我略睡睡」，即已化鶴。小修「一朝遂失仁兄，天地崩裂，以同死為樂，不願在人世也。」

此後，追念中郎之筆，屢見於遊居日記中，不是睹物思兄，就是因景憶昔。前者如：卷之六‧第六十三則：「青蓮菴基，中郎所施，見其冊上字，不覺潸然。」第一三〇則：「蓋予于栀子樓上設亡兄靈位于其上，後每上樓，輒涕不怡者終日，遂不復上樓。」卷之十‧第九十一則：「闢聽雨齋小門，通橘樂亭。此門閉于戊申（萬曆三十六年，1608），

36　《珂雪齋集》卷之十二，〈聽雨堂記〉，頁 530。
37　《珂雪齋集‧珂雪齋遊居柿錄》卷之七，第 73 則，頁 1258。
38　《珂雪齋集‧珂雪齋遊居柿錄》卷之七，第 74 則，頁 1258。

今八年矣，常與中郎出入于此，為之慨嘆。」後者如：卷之六・第三十四則：「追思中郎往時同游（柳浪）光景，不覺淒然。」卷之八・第二十五則：「至青蓮館，寺僧皆有齋事，復以棕團至竹中假寐。三桂子前，方修蘭若。中郎遊此，舊有此志，予睹之淒然。」第六十九則：「憶與中郎同飲于此（習家池）光景，不覺泫然。」

　　袁中道開始寫《遊居柿錄》時（1608），距宗道去世（1600），已有八年，除敬之若父的心態，相差十歲的年齡差距外，小修與長兄相聚的時間也不算長，因此日記中，言及伯修處，情感濃度與出現頻率，自難與中郎相提並論。卷之二・第五十六則：「過墨山下，山巒亦娟秀。追憶萬曆癸巳（萬曆二十一年，1593），先兄伯修、仲兄中郎，與予同至西陵訪友過此。……光陰如駛，追思聚首之樂，何可得也。」卷之四・第八十七則：「檢書，得伯修《白蘇齋集》，不覺泣下。若存時，止得五十一歲耳。」卷之十一・第七十二則：「追思伯修居史館時，每月明之夜，則同黃、陶諸人讌笑其中，予亦偕焉。今寂寂惟見風柯鳥語而已。」卷之九・第九十三則，小修以極長的篇幅，記敘因一株兄長所植之海棠，而興發之懷念感嘆：「移村中嚶鳴館前海棠一株于園，即亡兄石浦手植者也。石浦年二十許，已捷鄉書，即抱病，遂調攝于村園，澆花種竹。凡數載，乃出宦。予等相繼皆入城市，其所住嚶鳴館，中郎以與王官谷，王官谷立之竹林中。竹林既屬予，嚶鳴館遂改為聽雨齋矣。前往村中，見海棠一株，零落蔓草內，遂與述之侄乞得，移植嚶鳴館前。此館與花相別十五年，今日復為一處，亦奇遭也。第館中兄弟長別久矣，不知他生再得如此花之于此館否？意者惟青蓮池上，勉自薰修，尚有追隨日也。見此棠不覺淚下，既植而封之，而復名之曰『學士棠』。」

　　此外，卷之六・第二十一則，小修從怪石林回堆蘭亭途中，見一小孩因兄遠去，不忍捨之而泣，聯想到自己「兩兄倏爾長逝，永無相見之

期，豈不哀哉！竊自含淚歸寺，半日不怡。寺僧謂予眼痛發赤，不知予之有所觸也。」

（四）性格特色

1．逞才任率

卷之四・第九十八則，袁小修回憶萬曆二十一年（1593）進士楊景淳至劉氏園論學，「予見其所論不中綮，大呵之，遂面騂而去。」一位二十三歲的年輕人，竟敢高聲直斥進士言論浮泛，使其面紅耳赤，鍛羽而歸，實在需要豐厚學力及過人膽識，由此亦可想見其剛直坦率之個性。同一則後半云：「又與無念共坐殿上，擊鐘一聲作一絕，凡十聲作十絕，聲動舉筆，聲寂放筆。無念及客等大驚。」意致之縱橫、才調之秀出，躍現筆端。年屆不惑的小修，最末自評曰：「任氣恃才如此，真可笑也。」成熟的痕跡顯見。

卷之三・第一〇五則：「八舅亦有字至，云：『不知何日更同作商羊舞（商羊乃傳說之鳥，常在大雨前，屈一足起舞）也。』八舅治一宅，有方廣大墀，往年月明之夜，大醉後，相與翹一足而行，多至百步，以比角氣力罷健。當時笑欲絕，令人時時夢想此等快事也。」曠放舅甥，酣醉戲鬧，令人神往。在卷之十・第五則，亦有一段追憶之筆：「上元日，赴靜亭舅長君晦伯席，散木亦至。雪大作，此地係靜亭舅與吾輩豪飲歡呼之所，今遂寂寞若此，可嘆！」

任氣恃才的個性，會隨年歲歷練轉為謙遜內斂，但小修的豪邁本色，卻始終如一。「無一念不真實，無一行不穩當；小心翼翼，周詳縝密」[39]的伯修，生前即對小修「攜酒人數十輩，大醉江上，所到市肆鼎

---

[39] 《珂雪齋集》卷之十九，〈告伯修文〉，頁787。

沸」[40]稍有微辭，長兄亡故十年後，因汎鳧舟新修葺完，小修依舊「置酒招賀新舟諸客，鼓吹絲竹合作，溯舟而上，觀者如堵牆。水光皓淼，歌聲語笑落波濤間。」[41]小修〈書王伊輔事〉中坦陳：「予少年雅負才氣，謂功名可唾取，易言天下事。自辛卯（萬曆十九年，1591，22 歲）後，連擯斥，乃好任俠。危冠綺服，騎駿馬，出入酒家，視錢如糞土。數年，大為鄉里毀罵，妻子怨嗟，羞不能歸。」[42]可見其任誕行徑，肇因於科考失意。

2・喜友好客

萬曆二十五年（1597）小修「下第游長安，館于伯修所。是冬日暮，則良朋勝友，招攜聚樂。」[43]卷之八・第一二四則曰：「生人以聚為樂，老年不能時時靜坐，又不能終日讀書，或賴眼前一二友朋閒譚支日。」原本希藉遊居略避交際，惜事與願違，因小修「多友朋，每至一處，則鱗集，非月餘不能了應酬。」[44]甚至，在日記中出現了，因三場進士試考畢，「赴席匆匆」[45]，以及自正月初一，「遞作春席，至元宵以後始止」[46]，均「不暇書」的記錄。個性豪爽兼具文采者，其實極難拒人千里之外，如卷之十一・第六十七則：「予計偕時，住其（楊春元）別舍，且盡館穀之禮，恆語人曰：『袁公名士，不可不晤。』」卷之十・第一三三則：「開封太守孟公魯難來晤。」

---

[40] 《白蘇齋類集》卷之十六「箋牘類」・〈寄三弟〉，頁 229。
[41] 《珂雪齋集・珂雪齋遊居柿錄》卷之四，第 81 則，頁 1196。
[42] 《珂雪齋集》卷之二十一，頁 877。
[43] 《珂雪齋集・珂雪齋遊居柿錄》卷之三，第 81 則，頁 1163。
[44] 《珂雪齋集・珂雪齋遊居柿錄》卷之三，第 67 則，頁 1159。
[45] 《珂雪齋集・珂雪齋遊居柿錄》卷之十一，第 15 則，頁 1359。
[46] 《珂雪齋集・珂雪齋遊居柿錄》卷之十二，第 1 則，頁 1379。

　　尤其是遊山玩水，小修未嘗隻身獨往，總以兄長、友生為遊侶，方得共吟同歡自然的鬼斧神工，其曾云：「天下好山水易得，好朋友難得。」[47]

　　不過，人總是不免矛盾，「惡忙，卻又閑不得；惡動，卻要靜不得。」[48]卷之九・第十則曰：「連日為諸客所嬲，心思不快，今日方得清閑一日。」卷之四・第八十三則曰「予久處歌舞之筵，頗思清淨，遂動歸興。」卷之八・第一二二則：「偶于眾念紛擾中，忽得寧靜清息，頗覺諸念不生，痛快之甚」。然而，「鎮日無人至，殊清寂也。」[49]卷之三・第一四五則也坦承：「病中覺閒時甚適，及已愈，便思熱鬧，忙于星火，不能時刻停矣。」尤其是親友零落，舊齒凋喪，更令小修倍感孤寂，卷之十・第十二則云：「上巳，居篔簹谷，花事大開，三色桃皆放，寥寥無可與共賞者。」卷之十二・第十六則云：「昔恆沙每言此水（清江）之奇，約予來遊，……惜乎哲人萎矣，即欲往，有唱而無和耳。」

　　對「生平以朋友為命」[50]的袁小修而言，正是「應酬無可避處，只在人偷閒耳。閒非偷不能得也。」[51]

3・熱腸慈惠

　　三袁的經濟狀況向不寬裕，小修〈石浦先生傳〉敘及長兄「卒于官，棺木皆門生斂金成之。檢囊中，僅得數金。及妻孥歸，不能具裝，乃盡賣生平書畫几硯之類，始得歸。歸尚無宅可居，其清如此。」[52]〈吏部

[47] 《珂雪齋集》卷之二十四，〈寄無跡〉，頁 1034。
[48] 《珂雪齋集・珂雪齋遊居柿錄》卷之三，第 70 則，頁 1159。
[49] 《珂雪齋集・珂雪齋遊居柿錄》卷之八，第 110 則，頁 1296。
[50] 《珂雪齋集》卷之十，〈袁長房文序〉，頁 481。
[51] 《珂雪齋集・珂雪齋遊居柿錄》卷之十二，第 91 則，頁 1393。
[52] 《珂雪齋集》卷之十七，頁 710。

驗封司郎中中郎先生行狀〉內，提到二哥「為吳令，不取一錢，貸而後裝。」[53]至於小修自己，更是捉襟見肘，「癸卯（萬曆三十一年，1603），予以入都赴鄉試，無資斧，乃鬻石浦河居，而移眷屬于鄉。」[54]卷之九・第五十則云：「血痰復作，家事逼迫，難以度日。以新創雷宅鬻與人，取其費以贍家口，以供藥餌，庶安心居園調理。」

不過，小修熱心助人不落人後，對十三年前相識之歌伎李賽，備嚐垢辱苦楚，深表同情，願意「解遊裝贈之」[55]；對故人亡友更是慷慨解囊竭力周濟，卷之四・第一百則：「有故人賀醇儒者，以字來云：『身且死，無棺木，不能無望于君家兄弟。』予與中郎共以七金與之。」卷之七・第一三八則：「彭山人長卿卒于南都。山人蜀長壽人，客于荊。妻子貧甚。遣人致數鐶其家。」第一五七則：「王伯徽來，云本縣詩人陳七洲孫女，流落貧甚。予遂以一鐶付伯徽施之。」卷之八・第一二七則：「遣人取冬衣質當，為（王尚甫）預市棺木。」卷之十二・第二則：「收宜都亡友劉玄度名芳節文集，料理其家事。」

對於寒士、山人、破戒僧，或鄉親，也都不吝施以援手：

> 卷之十二・第一〇一則：「公安貢士周霽峰名月旦，卒于邸。……衣衾棺槨，予與友人熊雨亭共治之。」
>
> 卷之十一・第一四〇則：「山人張無美，鄂人，少為僧，名秋水。後冠簪稱遊客，病臥承天寺，予為處居諸之費。」一三九則：「有僧法幢，……為惡友所引，飲酒食肉。逾年，遂抱重恙。來見予，予為處居諸之費，并約其下公安，至寶延壽堂將息。」

---

[53] 《珂雪齋集》卷之十八，頁 763。

[54] 《珂雪齋集・珂雪齋遊居柿錄》卷之八，第 124 則，頁 1299。

[55] 《珂雪齋集・珂雪齋遊居柿錄》卷之二，第 8 則，頁 1117。

卷之十‧第四則：「大堤一帶，飲水者皆仰給于大江，往返五六里，予乃鑿一義井于園後，以待遠近之汲者，時已見泉。」第一一四則：「入郡，……見有遺骸暴露者，命人以土瘞之。」

重友誼，憫孤寒的袁中道，亦有「物吾與也」的襟懷：

卷之二‧第二十一則：「一里許凡二魚梁，每一梁則有怒濤急雨聲，而其所以得魚狀甚慘，予惡聞之也。」

卷之六‧第四十八則：「（呂仙亭外）松上有白鶴巢，惡少年欲得其雛，以竿中之，危欲墮。予以金為鶴雛乞命，少年不可，乃與章甫（王袗）、寶公共以因果報應之理曲譬之，其人不懌，然亦從此興闌，無必得之想矣。久之，肩竿而去。」

卷之八‧第六十二則：「有小兒持小兔嬉戲，乃以扇易之放生。」

末卷‧第七十五則：「二府來演樂刑牲，前見一鹿置藩中，以角抵其柵欲出，頃之捉向地上，直刺其喉，苦狀所不忍言。其餘羊豕兔物，皆于生時盡其命。夫使聖人有知，不食此腥穢之物；若其無知，何為傷殘物命若此！」

4‧幽默圓融

在《遊居柿錄》裡，還可見著小修幽默風趣的話語，如：

卷之七‧第四十三則：「雨大注，……候（王）吉人、（吳僧）大雲不至，久之乃至，如兩農夫。予呼大雲、吉人曰：『雖「大雲」普雨，所幸「吉人」天相。』二人皆笑。」

卷之九‧第九十一則：「（周念淨居士）已出中郎少年詩數首，又出達觀法語一則，閱罷，予笑曰：『我從來疑著此老。』」

　　進入哀樂中年的小修，對世事人情常抱持著圓融心態，年少輕狂略顯偏執的思想行徑——「其視妻子之相聚，如麋豕之與群而不相屬也；其視鄉里小兒，如牛馬之尾行而不可與一日居也。」[56]、「親朋盡欲殺，知己半相疑」[57]——已不復見；因此面臨愁苦，更能自我排解。如：

> 卷之八・第一二三則：「風雨不能出門，端居清坐，葺理書籍，頗有不全者，甚不快。後思老眼不能讀，隨手抽一冊，聊以送目，即不全亦可。」

> 卷之八・第一二四則：「相聚之人，豈能一一擇其賢不肖，舍短取長，皆可供譚消日。」

> 卷之九・第七十五則：「（萬曆四十二年，1614）九月初一日，亡父發引，以病不能行，終夜悼嘆。久之，復自解曰：『若有此身，尚可酬大人未了之願，及教養後輩，使之成立，則袁氏猶非衰相。身若不救，後來零落，可勝言哉！不若排愁破涕，養此病身，為得計也。』」

> 卷之十一・第三則：「果凝，千戶侯子，少喜空門，從雅菴落法。後其家無嗣，復還襲職。訊之，則云官卑祿薄，聊念先世恩蔭，不欲墮之耳。予以宗祀亦重，如此權宜，佛所許可。」

> 卷之十二・第五十八則：「（謝）在杭長予四歲，鬢鬚已有數莖白者。以壬辰（萬曆二十年，1592）進士，尚居郎署，意殊然。予嘆曰：『壬辰諸公，有人與官俱不存者，有官去而人存者。今人與官皆在，亦何不快之有？』在杭莞然。」

---

[56] 《袁中郎全集》・《袁中郎文鈔》——「序文」・〈敘小修詩〉，頁 5。

[57] 《袁中郎全集》・《袁中郎詩集》——「五言律下」・〈憶弟・其三〉，頁 118。

（五）癖好嗜欲

晚明文士每以擁有若干嗜癖為尚，且不忌自暴己短，如〈心律〉[58]一文中，小修坦述遊冶嫖妓與分桃斷袖之失。《遊居柿錄》提供了袁小修各種癖好嗜欲之第一手資料，據此，亦可想見彼時文人之風尚翦影。

1．耽酒縱欲

卷之三‧第十則，小修針對「杜康」之好惡迎拒，有一番精彩的告白：

> 生平飲酒，不喜晝飲，一飲終日昏倦；夜飲亦不喜多，飲多則夢寢寐不安，次早神思不爽，甚則助發淫嗔。明知其為苦趣，然居人世，親友以此為禮，見予素有酒名，一席不飲，則主人訝之。不得已強為之飲，飲至漸多，則己先欲飲，又不待主人勸矣，俗所云：「下坡酒」也。予不幸有此病。性既擇酒，而酒不堪飲者最多，然不容不飲，勉強吞噬，有如服藥。未能逃世，既不容戒；易流之性，又復難節；面柔趣深，又復難辭。其實敗我之德，傷我之生，害我之學道者，萬萬必出于酒無疑也。

酒名在外的袁小修，曾遭人指名「挑戰」，卷之三‧第七十三則：「（鍾）減亭名嗚陛，作令入為比部郎。晤予于瓜州太學蕭成芝處。……來時已醉，不揖就坐，但問：『誰為小修，我當與角量。』因指爐畔一大盃，可容酒三斤，令取來，如拇陣敗者飲之。予頗苦難。」

雖稱酒醪為苦藥，然其酣飲之情態，倒令人莞爾、欣賞。卷之三‧第十則中段云：「丁未（萬曆三十五年，1607）居漁陽府署中，每夜取酒兩小瓶，付之小奚，讀書至二更則飲。飲至一小瓶後，便有醉意，醉

中粉壁上見自影，鬚髯鬱然。舉箸後，則髯亦連動不止，顧而大笑。其寂寞如此。然半醉後，拍拍滿懷，酣適不可言喻。」

　　小修亟思戒飲，但知易行難，卷之三‧第一四五則云：「我昔病于瘧，熱不可支，自誓云：『我病稍愈，即當刺一字臂上，一戒縱飲，一戒邪淫。』傍有一友曰：『何必刺，但節嗇便是耳』予大怒曰：『公不知人情易忘，非刺著肉上，時時見之，久必不復省記。』」雖然信誓旦旦，卻並未真於臂上刺字自警，瘧疾痊癒後，由「對月吞一盞」而「益之三」、「盡一壺」，至「有熟識者治酒，召歌兒，一飲數百杯」，再使「瘧復大作」，又「悔恨已極」。卷之七‧第十則云：「赴靜亭舅席于浦河，飲稍縱，歸時大醉，初意本不欲多飲，主人意欲成歡，勉為謔笑，飲復至醉。以此知防閑情慾須于未飲之先，及未醉之時。若既醉，則狂樂入心，必無繩墨，徒來明日之悔耳。」

　　卷之七‧第十六則中，復見小修因耽酒而滋之悔誓：「深知一生來受酒之禍，敗德傷生，其害無窮，誓從此大加節制，不赴席，不召客；即欲飲時，自酌數杯，亦自暢適。一至沉酣，必動嗔淫，戒哉，戒哉！」

　　此後（萬曆四十年，1612），小修「因病戒酒」[59]果真「非昔酒人也」[60]。卷之八‧第十一則中，有今昔對比寫照：「追憶十年前（萬曆三十一年，1603）與兩叔（蘭澤、雲澤）縱飲水上，一吸百盞，如得霜鷹。而今少飲即休，豈非少壯異時，喧恬殊樂也哉。」卷之十一（萬曆四十四年，1616）‧第三十二則，已堪稱「久戒痛飲也」。

　　卷之十二‧第五十二則曰：「看來我輩火盛陰衰，血氣漸耗，決不宜作少年調度，百凡須大有節制乃可。近來情緣尚未見減省，甚愧道人

[59] 《珂雪齋集‧珂雪齋遊居柿錄》卷之七，第86則，頁1259。
[60] 《珂雪齋集‧珂雪齋遊居柿錄》卷之八，第37則，頁1283。

本色，奈何，奈何！」可見，小修戒色較戒酒為遲，其〈寄石洋〉函中，說明斷飲絕欲之因──「弟於杯勺粉黛已無緣矣，非心能了之，力不能也，自不敢作少年調度。」[61]

2・遊山玩水

《遊居杮錄》卷之八・第四十七則曰：「嗟乎，予于世有何所希？止以此一扁舟，作山水緣，圖一蘆花蓼岸，看夕陽朝霞之樂而已矣，幸而已至，為之歡呼久之。」小修自認「生平有山水癖」[62]，並「已誓作山澤遊人，以畢此生。」[63]「每居家數月，即抱苦病，易流之性，往往濫觴。不獨為學問慮，即軀命亦當向靜處保養。」[64]其樂山喜水之語屢見，如：

> 卷之六・第四十三則：「從民安驛早發，午見繡林山色，久不見山，為之一快。」
> 卷之八・第六十四則：「此日始見承天諸山。十餘日內，滿目皆洪濤，今日始見山色，稍覺爽豁。」
> 卷之十・第五十四則：「蓋名山勝友，兩不可孤也。」
> 卷之十二・第七十三則：「久不餐山色矣，今日登高樓，坐千葉青蓮中，不覺身輕。」
> 卷之七・第九十九則：「凡人遇水多樂，不獨智者。」
> 卷之八・第六十六則：「平生以煙波為樂」。

---

[61] 《珂雪齋集》卷之二十五，頁 1082-1083。
[62] 《珂雪齋集・珂雪齋遊居杮錄》卷之五，第 73 則，頁 1220。
[63] 《珂雪齋集・珂雪齋遊居杮錄》卷之八，第 124 則，頁 1300。
[64] 《珂雪齋集・珂雪齋遊居杮錄》卷之七，第 19 則，頁 1251。

小修「當少年時，意氣如得霜鷹，視東遊海上，北走大漠，如几席前」[65]，後因體衰多病，常不能或不願遠遊。

　　卷之八・第一二四則：「予多病不能遠遊」。

　　卷之十・第八十則：「病中頗思歸，此去入伏熱甚，愈難遠行，不若即歸為妙。」

　　卷之十一・第一〇五則：「予時思歸甚。」

3・酷愛舟居

　　小修《遊居柿錄》卷之七・第八十五則云：「生平好舟居」卷之八・第十二則云：「予性癖好舟居」，卷之三・第八十二則云：「久靜，忽舟行，頗適。入暮，月色入舟，天氣漸涼。」卷之七・第一三六則云：「同豐玉、巨源，以鸕鷀舟泛江。久不見水，登舟甚暢。」卷之十一・第七十七則云：「友人鍾伯敬（惺）以考選候旨，歸舟亦次潞河。予登舟晤之，望清流白沙，不能無鳧舟之思也。」甚至卷之十一・第六十一則還提及，「都城泛舟之樂，當自吾輩始。」

　　採「永無塵沙之興」[66]的居舟方式，肇因小修認為「遠遊原不為名利事所迫，不若從水為便。然水道又不若自買一舟，載糗糧其上，不論遲速遠近，庶幾遇好山水，好友朋，可以久淹其間，極登涉盤桓之趣，不為長年（即船工）輩所促。又江湖間多風濤，惟屬己舟，可行則行，可止則止，便莫大焉。」[67]

---

[65]　《珂雪齋集・珂雪齋遊居柿錄》卷之八，第 12 則，頁 1277。
[66]　《珂雪齋集・珂雪齋遊居柿錄》卷之三，第 14 則，頁 1145。
[67]　《珂雪齋集・珂雪齋遊居柿錄》卷之一，第 3 則，頁 1105。

　　不過，卷之二十・第九十則，小修也道出了人心的矛盾：「濁惡意根，變幻無常，陸處久而喜舟居，舟居久而忻陸處。當其徙時不徙，則萬不適也。吾輩度己之所能為者而已矣。」

4・賞鑑書畫

　　「上之不敢自附于聖賢，而下之必不俯同於庸人」[68]，卻以具高才奇氣狂狷豪傑自擬的袁小修，配上「紫髯如戟」[69]的外型，似乎頗難想像他對書畫的摯愛與高妙的品評功力。

　　當小修乘「汎鳧」出遊之際，「舟中裹一年糧，載書畫數筒」[70]，阮囊羞澀還勉力「市一小樓船，寬敞可貯書畫」[71]及購買書軸[72]。四處遊豫間，他絕不錯失鑑賞書畫的機會，如卷之十・第三十九則：「訪王孫萃軒，以其家多書畫也。」卷之七・第一四三則：「大德寺在土城中，入寺，訊僧寺中羅漢。云共十七軸，半為住持局之他去。餘六軸，神采煥發，宛有生氣，遠視益逼人。其絹素已裂，實元絹也。衣褶用筆極遒逸，上作水紋如髮。予展玩再四，真神物，不虛此一來矣。」

　　小修論騭書法，正面語詞，喜用「遒勁」、「精妙」、「奇譎」、「朴俚」、「老而帶媚」[73]等；負面者，則用「局侷」、「獰」[74]。評斷畫作，每稱

68　《珂雪齋集》卷之二十三，〈報伯修兄〉，頁970。
69　《珂雪齋集》卷之二十三，〈寄李龍湖〉，頁971。《袁中郎全集》・《袁中郎隨筆》・〈記藥師殿〉：「余弟最麤豪」，頁3。
70　《珂雪齋集・珂雪齋遊居柿錄》卷之一，第16則，頁1108。
71　《珂雪齋集・珂雪齋遊居柿錄》卷之二，第41則，頁1133。
72　「新購沈石田畫一小軸，乃石田學趙松雪者」，《珂雪齋集・珂雪齋遊居柿錄》卷之二，第52則，頁1136。
73　如：卷之一・第20則：「（王）中翰出米元章（芾）、趙子昂（孟頫）真蹟一卷，米書凡八紙，俱說造紙法，及生平所用紙，語甚有致，字尤遒勁，真顛筆也。」卷之七・第6則：「馬茂才處見（文）徵明畫及陸包山畫〈子瞻遊赤壁圖〉，皆精妙。」卷之八・第46則：「僧夢英篆《偏旁字源》，後有郭忠恕札，跡頗奇譎。」

「精工」、「清妍」、「瀟散簡淨」[75]等。總之，其賞鑑書畫，特重神韻及結構。如：

> 卷之二・第五十三則：「石首王太學，出文徵仲（文徵明之字）皮紙長幅畫四軸……寫生氣韻沈雄，如豪放草書，結搆（構）極密，真可寶也。」
> 卷之六・第一三二則：「閱黃魯直集。黃公文字之妙，見于諸題跋，其中別有勝韻，非近代板俗文人所能知也。」
> 卷之十一・第四十二則：「思陵，宋高宗也，筆法學大王（王羲之），極有結構。」

同時，小修亦能鑑定畫卷真偽與出自何人手筆。如：

> 卷之二・第四十則：「入沙頭林伯雨清曠居中，見唐六如（寅）畫一軸，係周東村（臣）代筆。」
> 卷之三・第四十則：「賴太學處，出馬遠畫四軸，人物清絕。下有『臣馬遠進』四字。復出四軸，無款，傳為王晉卿筆，然衣褶不似前人，應是近代仇英諸公筆也。」
> 卷之十・第五十二則：「閱雲浦（蘇惟霖）書卷，有子昂〈馬上

卷之十二・第 38 則：「中郎書法極朴俚，要之無半點俗氣，亦可寶也。」
卷之十三・第 56 則：「趙子昂所書《道經》一卷，筆法老而帶媚。」
[74] 卷之十・第 17 則：「（護國寺）內有『自來古佛』二額，一為董思白書，一為黃慎軒書。董字得大字如小字法，而差局促；黃字舒放，而戈法稍獰。皆非二公得意筆也。」
[75] 如：卷之一・第 23 則：「文衡山（徵明）〈長江萬里圖〉，精工甚。」
卷之三・第 96 則：「潘稚恭出倪雲林畫，瀟散簡淨，真雲林筆也。」
卷之十一・第 138 則：「沅洲王孫齋中，竹石蕭爽，出新得黃荃花鳥卷，即予去歲見于翠軒王孫處者。展玩一過，更覺清妍，并為作跋。」

擊毬圖〉，一簇擁一戴翼善冠者，共以長杓取一毬，此元朝宮戲
也，係贗筆。」

（六）雅致逸趣

在個性解放、人欲橫流的時代氛圍下，晚明文士每恣意於享樂，縱
逸於色荒，不惜沾染卑儕放浪氣，但同時卻又講求超凡脫俗之雅致逸
趣。《遊居柿錄》十三卷內，不時見到小修閱讀為文、淨硯作書、靜坐
曝日、焚香品茗、聽水賞荷、聆泉觀月、參禪禮佛、養魚種樹等生活的
記錄。

> 卷之一・第二十九則：「舟中無事，讀書改詩，焚香烹茶，書扇，
> 便過一日。」
> 卷之二・第三十六則：「舟中無事，補作未成詩數首。又取舊日
> 漁陽所作古文雜稿，補作數篇。」
> 卷之十・第一七一則：「是日，坐明窗下看經義。」
> 卷之六・第七十八則：「登舟，繫大樹下，令童子焚香滌硯烹茶。
> 久不作此快事，差如逢故人也。」
> 卷之六・第一三一則：「天氣稍暖，以清水洗硯。……今日梅花
> 漸發蕊，用淨硯置几案花下，磨方于魯墨，用吳箋作十餘行字，
> 儘可觀。」
> 卷之一・第十七則：「曝日閒坐，見東峰猶帶殘雪，即欲往，以
> 泥濘暫止。」
> 卷之五・第五十二則：「寶方來，共坐臘梅樹下曝日。」
> 卷之六・第五則：「山行稍倦，夜來焚香靜坐，亦自快。」
> 卷之十三・第四十一則：「我脾中近不飲酒，午後不宜食肉，只

清坐啜茗便佳。」

卷之六・第四十九則：「晚，坐亂石中聽水。」

卷之十・第四十三則：「移入汎鳧舟中。夜中甫一覺，即聞水聲泪泪然，為之一快。」

卷之五・第十二則：「坐楮亭少時，命童子操小舟，過對岸看蓮花。」

卷之六・第六十則：「收拾瓶隱齋，看新荷出水。」

卷之七・第四十七則：「回至響水潭，燕坐聽泉。」

卷之八・第八十五則：「從宜城曉發，晚宿麗陽，步至橋邊聽泉。」

卷之二・第十五則：「歸至大士閣，開軒窗看水上月。」

卷之十一・第七十則：「午夜，同（蕭）象林歸，輿中看月。」

卷之五・第四十七則：「念生死心不切，欲借法水灌溉，揀經論中極警策語，令傭書者錄之。始于《法華經》，以次及諸經論，庶可發參禪念佛之機，不令中斷也。」

卷之六・第一則：「晨起，同度門上殿禮佛。」

卷之四・第七十三則：「早同靜亭舅、方平弟連轡至二聖寺禮佛。」

卷之五・第五十一則：「病體初痊，懷抱甚楚，聊于小園養魚種樹撥悶。」

另外，在小修的日記裡，還可看到一些饒富情致、趣味的片段，如：

卷之一・第二十二則：「長石諸公，相約遊東山，王中翰攜歌兒一部以往。……日暮，移尊至水邊亂石上，人各踞一奇石而飲。絲竹交作，水石戰聲瑟瑟，漁舠上下若飛。」

同卷・第三十七則：「夜半置酒，乘小舫自酌，嘯歌東下，風濤際天，四顧昏黑慘澹。」

同卷・第三十則：「與龔舅散木及靜亭、方平弟登舟，移至江北

沙上，席地坐，畫字為樂，稍悟古人印泥畫沙之妙。風少勁，移
近岸，聽其蕩漾。煮魚溫酒，倚醉豪歌。」

卷之二・第二十三則：「時渴極，飲清冷酒數盞，并以酹花。」

同卷・第三十八則：「天色清和，去中衣，脫足敧坐，任意閱案
上書，甚快。」

卷之七・第一二九則：「午飯後，復與響泉步至大江畔，藉草而
坐，看風帆飛度。」

卷之九・第三則：「予等登舟覓石子，五弟眼根最利，偏多佳石，
如纏絲瑪瑙者甚多。予趺坐水石間，童子拾得佳者以示予，搏弄
少時，仍擲之。已席地聚飲，命童子歌一曲。日已暮，登舟回。」

卷之十・第一二〇則：「馬上與汪生浩歌，抵宣城已暮。」

卷之十二・第六十六則：「是日，西寧小侯作主，晚以酒案可作
七八人游于湖中，穿蓮花中，頗極蕩舟之趣。酒案，乃酒家盛米
作酒之案，如一長盆。御河不敢泛舟，故以案代之，闊五尺餘，
長丈餘，深二尺餘，真可代舟者也。」

其實，悠閒適意間，猶暗藏一顆報國無門而日漸消磨的雄心，從卷
之八・第九十則：「予年已近五旬，世間樂事盡讓人矣，獨閒適一種光
景，聊以耗磨壯心，遣餘年。知我罪我，聽之而已」，即可嗅出那份無
奈與慨嘆。

（七）風俗民情

隨著袁中道大江南北尋幽訪勝的跋涉足跡，深入民間接觸各色人等
的觀察體驗，以及擷菁取粹的樸實筆調，可讓我們具體了解晚明萬曆年
間之風俗民情。

《遊居柿錄》中，有年節祀典之記述：

卷之十一・第一則：「正月初一日……京師是日，老幼俱以彩作蝴蝶，著頭上。」

卷之十一・第六則：「上元日……都門士女皆至西華門上，以手捫門上銅釘，後至前門走橋，徹夜不休。」

卷之七・第一則：「壬子（萬曆四十年，1612）正月初三立春，往二聖寺禮佛。邑長令李公迎春于寺，通邑人來看春。」卷之十三・第一○九則：「迎春，從南門教場演諸伎樂，遍遊城中，四門觀者如堵。」

卷之十・第二十五則：「春來王孫士女踏青者，酣醉其間無虛日。」

卷之十三・第二十二則：「新安人于三月三日為競渡之戲。是日雨，有二舟泛水，觀者皆冒雨執蓋著屐往看，奔走如狂。」

卷之三・第三十三則：「是日（五月十三日），相傳為壯繆（關公）生辰，傾國仕女，皆來謁神。……午後游人俱集，（燕子磯）兩山皆綺羅，無隙地，笙歌鼎沸。」

卷之六・第一一七則：「霜降，武弁迎秋于西郊，皆以錦綺架為高亭。」

卷之十一・第一三四則：「臘八日，以諸伶裝百戲，舞狻猊（當作「猊」，獅子也），導齋供，供佛及二聖如來，通國人之出觀。」

在一片歌舞昇平中，也能看到天災人禍下，黎民百姓的惶惶苦狀：

卷之七・第一一六則：「從漢川發舟，聞雞鳴即行，其實僅子夜耳。過麻布口，遇小舟甚多，舟人曰盜也，皆衝舟而去。至陳伯亭，尚未明。晚泊仙桃鎮。鄰舟云：『夜中宜慎！我等昨夜遇盜

來。共格鬥，力盡而去，今夜當謹防之。』予登岸至民舍，其人
王姓者，蕭客入。予遂取襆留宿。主人夜治酒，甚歡，且云：『水
災無尺地居，民相率為盜，行旅宜慎。』贈以金，不受。」

卷之三‧第一一八則：「有便道至呂梁、徐州，徑三十餘里。既
就道，屢迷路。途中間有人家，流亡頗多，居室俱不存，惟餘石
子牆，頗有綠林之懼。」

卷之四‧第三十一則：「從柏鄉至內丘，一路多風沙。道中見民
有菜色。」第三十四則：「臨洺道中，日清和，見游女攀楊柳採
其苗者甚多，蓋儉歲為蔬故也。」

卷之六‧第二十八則：「（鹿苑）又有黃薑，形如山藥，食之微苦，
村民以為儉歲糧。」

卷之二‧第三十四則：「過洞庭馬湖，芳草連天，窅無一人。風
雨大作，見小舟逐予舟而來者甚多，頗懷驚怖。近視之，則湖中
採芹船也。」而卷之八‧第三十七則，則是：「乘微月，聞文弱
（楊嗣昌）在呂真渡，往覓之。舟人畏魚梁不敢前，隨一辰州舟
行，謬意予舟為盜，欲以弓弩射舟。予大笑，因泊于野，去呂真
渡十里。」

此外，如「燃江燈資冥福者，千炬列水中，亦奇觀也。」（卷之二‧
第二十二則）；「沐國出殯，方相幾長五六丈，通國人出觀，婦女皆賃樓
居，甚至坐屋上。自廿四至廿六日止，南門闐塞不成行。」（卷之三‧
第二十三則）；「往普仰寺，寺內居民雜處，婦女溷僧寮中，了不為意。
至後殿，皆捉鼻以往，大殿僧舍，皆措大占住，郡人真可謂不佞佛矣。」
（卷之五‧第一則）；「憩于造舟處，過儺神廟，訊舟人，云：『神甚靈，
每日刑雞求福者數百，土人有小事皆至。』俗信鬼，固其宜也。不數里，

見放鸕鶿者滿河，皆以繩束其頸，得魚則收而吐之。或得一大魚，則二三為曹，銜而出之。死則為念經咒，以棺瘞之土，如失兒孫。」（卷之七・第一四三則）「初九日……擬以今日發舟。而舟人曰：『舟忌七九。』遂從俗不行。」（卷之八・第七則）

（八）異人殊事

為文行事均「不拘格套」的小修，對旅次間偶聞巧遇之奇人異士，總不惜筆墨。如其在桃源郊外，問一坐織笠子的老叟：「爾憂貧否？」，叟曰：「一日能了一日，不憂貧也。」（卷之八・第三十八則），真是頗具機鋒的回答。又如卷之八・第一三九則，記載其親家高以勤，「家教甚嚴肅」、「事父極恭順」，「同父鄉試都中，父呼立床前，與之語。父已熟眠，猶不敢退，或俟至終夜，以為常」，「後有失心病，年僅四十四卒。」卷之十一・第六十七則，言及楊春元，亦是「死于孝」之人，其「天性至孝，居喪一依古禮，三年唯食菜羹」，「以請母祭葬不得，抑鬱而死。」

卷之十一・第六十九則提到：「（蕭）大茹有子，年三四歲，即喜坐禪。自發願，願造丈六金身佛。從兒時逐處募緣，大內為出金錢。至九歲而殤。」而小修「飲于數百歲翁王玉峰園，翁尚如四十許人。」（卷之十二・第一〇七則）

另外，卷之三・第五十一則：「（楊）遂庵少時中痘已死，置之棺中，將釘，忽然作吟詩聲，復活。」第七十一則，乃顧德輝散盡家財覓師偕隱的傳聞。

小修在報恩寺，見著「人予之食則食，亦不乞也。寒冬惟著單衣，亦不覺寒。人予之衣，輒與人。夜宿于地。雪夜呼之，或裸體舞雪上。出語或可解，或不可解。性好酒，亦無醉時。無嗔怒，詬辱之，撲挟之，亦不怒也」的「朱風子」（卷之六・第九則），當「朱風子醉舞月下，撫

掌曰：『且混，且混！』人問：『燈好否？』曰：『燈甚明，路不平。燈甚明，眼不靈。』」（第十一則），依此，瘋子似乎亦有竅眼。

小修在卷之四・第七則末云：「此皆異人，不可不識。」

當然，在整本日記中，不乏鬼怪靈異的記載，僅舉兩條號稱親歷之事件為例：

> 卷之三・第九十七則：「己亥（萬曆二十七年，1599）之夏，同丘長孺、中郎於崇國寺王章甫寓中，大雨三日，不能出戶，日夜沉飲。（方）子公夜擁歌兒入曲房。夜半，歌兒忽大叫曰：『救我，救我！』時門已倒扃，急開門，歌兒曰：『方先生化為蛇矣！』燈光明滅中，見方首僅如蛇大，上卷復下覷，甚可怖畏。子公亦不為訝。凡子公夢入冥司者，屢矣。」
>
> 卷之十・第五十九則：「（萬曆四十三年，1615）六月初一日，居天皇寺，……是夜，天雨紅豆，色甚光瑩。先是石首雨，後公安雨，至是江陵亦雨，不知是何祥也。」

至於，母豬產下一人頭猴身，舌外繳不停之豬仔（卷之四・第七十二則）；發出零陵香氣之豬，若以手摸之，耳目鼻口香氣酷烈（卷之五・第六十三則）；鶴裝義肢，不廢飲啄（卷之九・第二十三則）；惠泉水久貯將壞時，以甕數注之，則復鮮，彌年如新（卷之九・第三十五則）等殊事，則饒富趣味。

我國自上古文獻典籍中，不乏記述、談說夢境的文字，因做夢不僅止于一種單純之生命現象，往往也是意識及潛意識之折射。《遊居柿錄》記己夢、人夢之處，多達二、三十則。首卷・第三十三則，小修夜夢入關公廟，關公下座相揖云云；卷之三・第七十四則，夢亡僮阿鷺特來隨侍；中郎身亡後，小修頻夢之（如：卷之五・第六十二則一中郎相引至

玉泉；卷之六‧第三十一則一與中郎會于一樓；卷之七‧第二十七則一夢中郎見呼曰：「已逝矣，已逝矣！胡不起，胡不起！」）。卷之八‧第一二一則云：「又得京山王孝廉稚恭寄（袁）祈年書，大略云：『⋯⋯夢遊地府，見大士檢案頭生死冊，于中郎先生名上，大著三圈。弟以為其人：文，今日歐、蘇也；詩，今日元、白也；年，異日耄耋也；官，異日卿貳也。未數月，而溘然棄人間世，始知彭殤何足論，世之黃耇鮐背者，安知非地府塗抹者哉！』」或如卷之九‧第六十九則云：「初夾山創此樓（三聖閣）成，即屢夢圓頂方袍之人往來其中不絕，大訝之。」

（九）評文論學

日記雖是較為隨性的文體，但《遊居柿錄》裡，仍可看到袁小修對當代及個人文學風格的批評，這些吉光片羽正可作為其文學觀之佐證。

卷之二‧第十五則曰：「班諱惟志，字彥恭，詩文書法皆臻其妙，而予等不熟其名，皆由讀書不多，且為近日文士勸人莫讀宋、元書所誣耳。今觀其率然題畫詩，即國朝二李（李攀龍、李東陽）決不能勝之明矣。大率自宋以後風流韻人，亦自不少，而篇章散佚，又無人以表章之，所以易至泯沒，此本朝人之責也。」袁小修闡揚中郎的文學主張，且導正了矯枉致偏的部分。

中郎尺牘〈張幼于〉曰：「信心而出，信口而談。世人喜唐，僕則曰唐無詩；世人喜秦漢，僕則曰秦漢無文；世人卑宋黜元，僕則曰詩文在宋元諸大家。⋯⋯見從己出，不曾依傍半個古人。」[76]，強調才慧，不問積學；只重師心，不言師古。小修則強調需多讀書，當然不能僅限于盛唐詩、秦漢文，或是宋、元之作；並認為輯佚是知識份子責無旁貸

---

[76] 《袁中郎全集》‧《袁中郎尺牘》，頁 37。

的要務，小修博覽各類書籍，也曾身體力行為劉玄度、黃輝等人整理遺作[77]，更計劃赴蜀替薛考功收集《大寧齋日記》，加以出版[78]。

卷之九・第七十八則云：「先生（中郎）詩文，如《錦帆》、《解脫》，意在破人之縛執，故時有遊戲語。蓋其才高膽大，無心于世之毀譽，聊以舒其意之所欲言耳，然其後亦漸趨謹嚴。其論政論學，雜出于山容水態之中，皆剔膚見骨。至〈華嵩〉諸作，布格造語，巧奪造化，真非人力也。若尚留在世一二十年，不知為宇宙開拓多少心胸，闢多少乾坤，開多少眼目，點綴多少煙波。恐亦造化妒人，不肯發洩太盡耳。世之大人先生，好古而卑今，賤耳而貴目，不虛心盡讀其書，而毛舉一二謔笑之語，便以為病。此輩見人一善，如箭攢心，又何足道！」小修對某些人譏評中郎之作率易戲謔，深表不滿，認為中郎之功在「破人縛執」，何況「學以年變，筆隨歲老」[79]，不能僅就片詞隻句驟下斷語，又刻意忽略其深刻精鍊的部分，而應就全部作品論定優劣得失。

小修並不贊成精選他人作品，因為工拙與否，全繫主觀，或因時變而有不同評價，凡出自胸中真誠慧人之語，都值得留存。卷之十・第八十四則云：「居篔簹谷，同年竟陵鍾伯敬典試貴州，以一字相聞，拘于

---

[77] 《珂雪齋集・珂雪齋遊居柿錄》卷之十，第 104 則：「將至宜都，料理其（劉玄度）嗣續及遺文，時方未遑也」，頁 1347。
《珂雪齋集・珂雪齋遊居柿錄》卷之十二，第 23 則：「徐從善令人抄集劉玄度詩文凡十本，授予為梓」，頁 1381。
《珂雪齋集・珂雪齋遊居柿錄》卷之十一，第 81 則：「是日辭部，抄黃慎軒太史集完。慎軒詩文頗多散佚，存者止此，十失五六，再當搜尋，使為完璧。大都此老醉心祖道，有所選述，例不存稿。然至今與人一札數語，皆有佳趣。天地至寶，豈可聽其湮滅」，頁 1371。

[78] 《珂雪齋集・珂雪齋遊居柿錄》卷之十二，第 57 則：「薛考功有《大寧齋日記》一百卷，為蜀中開府王南溟取去，其家俱無副本。聞此書尚存，後來宦蜀，當覓而梓之，毋令至寶沉埋也」，頁 1386。

[79] 《珂雪齋集》卷之十一，〈中郎先生全集序〉，頁 521。

例不見客，致其所刻新詩，并其師雷太史詩。太史詩，精選之僅得二冊，姑毋論其為唐為宋，要以『筆下有萬卷書，胸中無一點塵』二語，太史真足以當之矣。在伯敬之見，必欲其精，而在予則謂此等慧人之語，一一從胸中流出，盡揭而垂之于天地間，亦無不可。昔白樂天，詩中宗匠也，其所愛劉禹錫詩，都非其佳者。豈自以為工者，人或不以為工；而自以為拙者，反來世之激賞也。不若并存之為是。」

卷之十・第二十九則中，袁中道運用巧譬，慨嘆時文之弊：「古人立言，不到泣鬼神處不休。今人水上棒，隔靴癢也。」此外，零星文評散見於日記後半，如：「有意無意之筆，妙處不可言喻」（卷之十・第二十二則）；「筆下頗不俗而微欠遒老」（卷之十・第九十七則）；「極奇拔，微有晦語。要之語脈深遠，非世匠所能知也」（卷之十一・第四十二則）；「博洽而少實」（卷之十二・第七十三則）；「模寫光景，雜以詼諧，至今讀之，精神奕奕生動」（卷之十二・第一二二則）。

卷之九・第二十四則：「以明居士（王輅）來，因相與論學。予曰：『數日來，覺前此愧悔處極多，不是小失，庶幾追之將來。』以明曰：『畢竟如何作工夫？』予曰：『除參話頭無工夫。』以明頷之去。」中道論學，主頓悟禪機妙語外，亦強調漸修之功[80]。讚賞文同教蘇軾成竹在胸的畫竹法，並推至追求學問上，「若遽放縱，吾恐不復可入，終歸無所成也。故學者必自法度中來始得。」[81]若「學問有入，更宜防護保守」[82]。

---

[80] 「與雲浦論學，大約頓悟必須漸修。……卓吾諸公一筆抹殺，此等即是大病痛處。蓋此道有所入者，只愁歌了置之無事甲裡，日久月深，熟處越熟，生處越生。黃魯直云：『不舍鼻繩，牢看水牯。』此即是易簡直捷工夫，相與努力而已」，《珂雪齋集・珂雪齋遊居柿錄》卷之八，第136則，頁1302。

[81] 《珂雪齋集・珂雪齋遊居柿錄》卷之十，第42則，頁1334。

[82] 《珂雪齋集・珂雪齋遊居柿錄》卷之三，第38則，頁1150。

（十）議政考引

在袁小修中進士（萬曆四十四年）之前的日記內，看不到直接議論時政的文字，或許是「不在其位，不謀其政」，抑或是「明哲保身」，只有卷之三·第二十五則，勸吳稼登不要因官卑不屑為之，「（柳）下惠小官，王無功（績）樂丞，無所不可，政自有致也。」卷之八·第十三則云：「原為弭盜設二哨，今反為行旅害。法立弊生，勢固然也。」

但萬曆四十五年所寫《遊居柿錄》卷十二中，卻有兩段評論詮法、朝政的文字，前者激厲剴切，後者藉古喻今：

> 第九十五則：「出城拜客，時周貢士霽峰病饉不能食，自歎出貢已八年矣，鬻田入京，二次不得一官，今竟客死。予聞而傷之。三十年前，出貢者一二年即可得校官，入太學；七八年即可選有司。今人多闕少，明經已貢，皆老死不沾微祿。詮法之壞，至于如此。可歎！嗟乎，朝政議論日多，甲可乙否，朝行夕革，益以滋其蠹弊，果何益之有！」
>
> 第一一五則：「唐至中世，重內輕外，大臣非以罪不出守郡。雖藩鎮帥守，亦以不如寺監僚佐，故郡縣多不得人，祿山之亂，河北二十四郡，一朝降賊。獨有一顏真卿，而明皇初不識也。此重內輕外之弊，可不為鑑哉！」

最末一卷裡，則對朝廷某些祀典儀式，有些意見，比方「祭宜蔬素」，毋需殺生（第七十五則）；「陪祭山川社稷風雲雷雨之神，例不著祭服，而著素服，以便送迎上官也，可謂敬人而慢神矣。」（第七十六則）

至於按語考證，隨處可見，較為有趣者，如王粲作賦之樓在當陽，非江陵王粲樓（卷之二·第四十五則）；李白非捉月溺斃（卷之三·第

十八則）；隆中不在南陽（卷之四‧第五十九則）；娥皇、女英乃天帝之二女，非堯帝女（卷之六‧第四十九則）。存疑未定者，每云「俟考」，如卷之八‧第四十一則：「考志，有宋通判唐續，而無唐奎等姓名。然志將唐續詩作洛浦禪師，又不知何據也，統俟考。」卷之十‧第七十一則：「優缽羅花葉如蟬翼，輕細之甚，不知所出，俟再考之。」

　　袁小修最常徵引的典籍，就是頂頂大名的地理書《水經注》，不過，盡信書不如無書，因此也有存疑之時，如卷之二‧第五十六則曰：「按《水經注》：『檀浦竹畦之後，即至下雋。』而縈繞墨山左右皆不書，豈亦有遺漏耶？下雋，岳陽也。」

　　由《遊居柿錄》臧否時政、考證徵引的段落，可以想見袁中道的博聞強識與實事求是。

　　《遊居柿錄》的內容，除了上述十大類外，還保有一些彌足珍貴的資料。譬如三袁的著作狀況－於書肆得伯修《白蘇齋集》之善本，唯獨詩餘、雜戲，無一字留存（卷之十一‧第八則）；中郎曾批點韓、柳、歐、蘇四大家文，惜已佚散（卷之七‧第九十八則）；卷之九‧第七十八則，小修詳述了中郎的創作歷程，並將未刻諸書，交付袁無涯入梓，且囑其校訂；書坊間，掛名中郎的贗品極多（卷之十‧第九十四則）；小修得《中郎十集》一套，內有《狂言》及《續狂言》等贗作，深感痛恨（卷之十‧第一○一則），至於三袁拜見李贄之論學點滴，小修曾潦草記之，後散帙不復保存，卻不知為何人收得，名為《柞林紀譚》，率爾流布（卷之十‧第一五四則）；小修詩作，刻入《篔簹集》中（卷之一‧第十二則）；袁中夫（即死心僧）刻《心律》一冊，並寄給小修（卷之四‧第八十二則）；中郎曾集《宗鏡》精語為《攝錄》，小修又檢其中最精者為《攝攝錄》兩冊（卷之七‧第八十八則）；而萬曆四十六年（1618）

重陽日後，小修《珂雪齋近集》二十四卷刻成，刻工頗精（卷之十三·第八十八則）。

　　也可得知袁中道對通俗文學的態度，其將《琵琶記》、《金釵記》與李杜詩並列，認為皆可泣鬼神（卷之十·第二十九則）；至於《水滸傳》一類的小說，是閒花野草，不可無，也毋需過於尊榮；《金瓶梅》乃模寫兒女情態，瑣碎中有無限煙波，亦非慧人不能為，既不必焚，亦不必崇，聽之而已（卷之九·第七十二則）。小修視弋陽腔為下里惡聲（卷之八·第三十三則），卻喜溫潤恬和、攸關情性之吳歌（卷之十·第一〇七則）。

四 · 形式風格

　　公安三袁主張口舌以代心，文章以代口舌，不喜拐彎抹角，屏除矯揉造作，運用信腕直寄的藝術手法，達到平淡中見神采的藝術境界，呈現講求韻趣之審美特徵。而袁中道擁有狂放難羈的任俠氣，灑落橫逸的名士風，因此，在《遊居柿錄》一千五百七十二則日記內，唯求達意，並不刻意強調章法佈局及修辭鍛鍊，但文氣自然酣暢，句式也錯落有致；語言風格則是不避俚俗、不事藻繪、不逞才炫奇，涉筆而成趣。

（一）信手拈來，情真意切

　　隨手札記的日記，抒情記言敘事，每出摯情實意，最易觸人心弦，使人彷彿身臨耳聞目睹，小修曾云：「意中勃鬱，不可復茹，其勢不得不吐，姑倒囷出之以自快，而不暇擇焉耳。」[83]

---

[83] 萬曆戊午（四十六年，1618）五月午日，袁中道於新安郡校所寫之〈珂雪齋前集

　　如第十一卷，從第十則「俟入場」起，至第十五則「三場已畢，一身憊極」止，小修將參加科考窘況，詳實呈現。首日與廝役雜處，坐於廊廡下候點，頭若稍前，則雨滴鼻端，自午後等到二漏，方得進入試場。奮鬥一晝夜，第三日雞鳴時，方能離開，「門外接者擁塞，不得行。久之，推排眾中或空行數步幾仆，始得出。」中間間隔一日，連考三場。沒有誇張的筆調、聳動的詞藻、縝密的佈局，但讀後令人慨歎心酸，感同身受，自然領略文字的感染魅力。

　　前述卷之五・第二十七至三十九則，逐日記載中郎發病以迄身亡的情況，亦是如此。

　　《遊居柿錄》採隨意即興的寫作態度，呈現出淺近流暢的風格，最能符合袁中道自評己作的特色，其〈答蔡觀察元履〉云：「大都輸寫之致有餘，鍛鍊之功不足。都無言外之意，而姑吐其意中之所欲言，……往往衝口信筆，不復刪汰。」[84]

（二）不費剪裁，直露顯豁

　　小修於〈珂雪齋前集自序〉云：「未仕前，大半居山，所作多偶爾寄興，模寫山容水態之語；而高文大冊，寂然無有。」《遊居柿錄》對自然風光、旅況見聞的描摹，常是其記遊散文的藍本[85]，而互有詳略同

　　自序〉。
[84] 《珂雪齋集》卷之二十五，頁1063。
[85] 《珂雪齋集・珂雪齋遊居柿錄》卷之一，第25則末云：「別有記」，頁1111。卷之二，第18則末注曰：「此與記互有同異，並存之」，頁1123。卷之二，第21則末注曰：「以下有記，稍與此有異同，故並存之」，頁1123。卷之二，第52則末注曰：「此後另有記，以有異同，並存之」，頁1136。卷之四，第22則末注曰：「從此有記，互有異同，故并存之」，頁1184。卷之八，第76則末注曰：「有遊記，故略」，頁1292。
　　卷之十三，第29則末曰：「別有記」，頁1404。

異。如將日記卷之二‧第十七、十八則與〈遊德山記〉[86]參看比較，就會發現，十七則之「院前有斷碑一，依稀見『無事于心，無心于事』數字。登塔，守僧喃喃『塔長三寸，吾當再來』之讖。以手量之，今果二寸餘矣」，在遊記中，刪省為「門內有斷碑一，依稀見『無事于心』數字。禮塔守僧，喃喃塔長再來之讖。量之，今果二寸餘」，使守僧喃喃之語，意義難明。十七則末「夜分雨滴竹葉，戛戛有聲。臥甚甘」，加上十八則起首小段「枕上聞滿山黃鸝聲，入耳圓滑，因憶老杜『丸藥流鶯轉』之句」，遊記精簡成「夜中雨滴竹葉，時復鏗然。曉，枕上聞黃鸝聲，入耳圓滑」。但是寫到登善卷臺遠望，《柿錄》僅記「曉霧尚深，不甚了了」八字，然遊記卻不煩筆墨，詳加說明——「屨社胹始至善卷臺，善卷即舜時葱糠九五，遠遁巖谷者也。臺可遠望，其近者為善卷村，即其耕耘之處。雲林霧畦，隱畛相望。下有小河，名釣灣，以卷把釣于此得名。酈氏所云『披溪蔭渚，長川逕引』者，是此水矣。此水一縷，直通茶山。每歲茶戶載茶從此出。兩岸多峰巒，旁溪若織，甚可泛。」〈遊德山記〉末，以設問法，論高謝世榮、棲神巖壑、骨超名利五欲之外，而修出世之業作結；日記則隨起隨止，多記敘少論說，更不管開闔承轉。可見，同一位作者，會因不同的文體、不同的撰寫情境，而有不一樣的表達方式與內涵。

　　卷之八‧第九十五則：「蘭溪，雲澤叔來舟中，泛於軔湖。步月至郭家棚前大堰，采芰實，飲于大堤。」次則云：「再泛軔湖，步月至郭家棚前大堰，采芰實，飲于大堤。」一派實錄精神，不忌重覆。

　　有時小修日記也會採「流水帳」的寫作方式—僅交待起訖點、途中經過何處及餐宿之所而已，沒有描摹，更缺乏文采。如：

---

[86]　《珂雪齋集》卷之十三，頁 557-559。

卷之十‧第一三九則：「彰河道中，過磁州趙王城、渚河，止邯鄲。」

卷之十‧第一四○則：「邯鄲，過學步橋、照眉池、黃粱祠、冉伯牛墓，止沙河。」

卷之十‧第一四一則：「沙河道中，過唐宋璟墓。午憩順德，止內丘。」

卷之十‧一四○則前後的二十餘條，都有類似的情形。

（三）妙用譬喻，屢見疊字

袁小修日記，無論登山臨水，弔古傷今，閒逸記趣，常依形色、或據聲態，藉諸譬喻巧妙表之。

例如，其將峰巒喻作「展旆」、「列屏」、「筍籜」、「城陣」、「眉黛」、「高髻」、「砥石」、「笠子」、「博山鑪」、「千葉蓮」，是以擬物、擬人筆法，讓山形具象化，兼帶色彩；又喻為「蠟淚」、「雙袖」、「捉迷藏」、「好女子」，除展現山姿外，更使靜物呈現情緒動感；至於比喻成「名畫」、「老米墨氣」、「雕雲琢霧」，更替山嶺暈渲上藝術風華。

小修從形態、質感、色澤的角度，把江水比為「琉璃」、「竹箭」、「積雪」、「垂帘」；而「濺珠」、「沸水」、「奔雷」、「激矢」等比方，則突顯了水勢之力度與速度。

較為特別者，如把「卓吾嗔性」之重，譬若「千年陳冰，即有杲日當空，未易消釋」；「世間種種繁華快活事」是「刀尖上蜂蜜」、「甘露內毒藥」；「僧如鹿豕，不解肅客」；「玉泉屹立，有若久客望故鄉」；「石路為亂泉所蝕，成深渠，大類蟲書鳥篆」；「山巔仙宮，若在針鋒棗葉上住」；銀杏樹「上巢白鶴數百，遠視之如玉蘭花」；言及為宦之事，阮集之「正少年，如演全戲文者，從開場作至團圓乃已」，小修則「近五旬矣，譬如大席將散時，插一句便下台耳」。

譬喻若運用熨貼，可使主體形象鮮明突出，幫助讀者聯想，引起共鳴，並可增加文學作品的文采。

至於大量使用疊字，也是《遊居柿錄》在遣詞造語上的一大特色，如：

> 卷之三・第八十四則：「同山僧上北固，過天津泉，高帝駐此，云：『是中應有泉。』後遂涓涓矣。從右腋屢陟至山門，見大江浩浩，風帆往來，金、焦拳立水上。至大殿禮佛，前山疊疊，大江出其右。折而右至三山閣，實為一山勝處，白水綠洲，平疇稻畦茸茸。左至石亭，得江最多。」

不到百字的一篇日記，卻用了四個疊字，非僅增添文詞的韻律節奏，更使意象豐富立體。「涓涓」刻劃泉水緩流不竭之貌，「浩浩」則渲染出一股磅礡氣勢，「疊疊」將連綿山脈拉至視野外，而「茸茸」傳達了叢莽漫衍的感覺。

（四）巧現匠心，畫龍點睛

小修雖稱「鍛鍊之功不足」，然而《遊居柿錄》一書，精彩字眼時見。譬如：「山色皆為霧『蝕』不見」（卷之三・第十五則），「蝕」字把雲霧吞沒山巒的速度、姿態，充份展現；「時久不霽，見午日『烘』原野間」（卷之八・第十則），「烘」字道出久雨盼晴，終在午後，與大地共享冬陽曝曬下的爽暖快感；「過三湖，白浪『黏』天，荷香襲人」（卷之十・第五十五則），「黏」字將白浪高捲入雲，彷彿水天一氣，精妙地呈現；「波濤時時『掀』舞」（卷之十二・第五十三則），「掀」之一字，既具動感又現高度；「『皺』雲『駁』霞」（卷之十二・第七十四則），「皺」字寫出層雲錯落，「駁」字寫出彩霞斑斕；「西湖十里荷花雖已衰，然猶亂點波間，『酣』紅『騰』綠」（卷之十二・第七十八則），「酣」字點出

紅荷徜徉於湖水，「騰」字點出綠葉躍動的生命力。而「水亭蘭四盆，各開一花，香『清』一院」（卷之二‧第三十八則）、「堤內種油花菜百畝，黃花『爍』人目睛」（卷之十二‧第四十七則），「清」、「爍」二字，則由形容詞轉品為動詞；「清」字突顯了蘭花幽香，滌淨整個庭院；「爍」字充份展現了流轉於眼波間，油花菜的鮮明亮度。

袁小修往往會以賞畫的角度，來品味大自然，卷之十二‧第七十三則提到：「波頭起伏中，具披麻雨點之皴」，卷之十三‧第二十八則云：「雨時諸山朵朵如淡墨灑成，而晴復作濃藍」，卷之六‧第十九則曰：「見西峰晚嵐，如濃筆醮淨水中，墨花鬱起，間有濃淡。又日色照之，其無樹者作淡金色，有樹者作藍汁色，真荊浩、關仝得意筆也。」卷之七‧第六十四則曰：「登堆藍亭看山，雨中山淡冶甚，宛似倪迂（倪瓚也）筆意。」

小修也常將山林視作女子，展現出陰柔風情，比方：卷之六‧第六十七則：「遠樹近林，亦極倩冶」，卷之八‧第三十六則：「老樹茂竹，便娟媚人」，卷之八‧第四十一則：「山峰波騰，秀媚特甚」，卷之二‧第二十五則：「惟此一帶山，近在几席，而駁雲皺霧，弄姿獻媚」。

此外，袁小修也特別愛用四字短句，來敷陳山水景觀，整飭中見其神韻。茲舉卷之三‧第二十則為例：

> 舟過文德橋，兩岸「畫閣朱樓」，「流丹騰綠」，妊草植于楹琼，文石羅于几席。「翠袖凌波」，「雲鬟照水」，「青雀之舫」，「霞騰鳥逝」。凡「過橋三四」，至珍珠橋登岸，步上雞鳴山。「山門倚巖」，「朱垣整麗」，「夾道松柏」。憩凭虛閣，窮「一城之勝」。

不過，在日記裡，小修並未將自己融入大自然，投以個人情緒，反倒是拉開一定距離，純然客觀地加以敘寫品味。

五‧結語

　　在《遊居柿錄》長達十年的日記內，亦狂亦俠亦溫文的袁小修，為自己鏤刻下縱橫交錯、永不磨滅的生命軌跡；也給後人提供不少研究彼時文士生活起居、風尚思潮的珍貴資料，與社會民生、滄海桑田[87]的真實紀錄，還收集了不少傳說[88]與軼事[89]，更是公安派文學理論主軸——「獨抒性靈，不拘格套」的具體實踐。

本篇發表於：《中國文化大學中文學報》第六期
民國九十年三月　頁 105-146

---

[87] 如：「因散步（沙）市上，憶二十年前到此，游女如雲，今蕭條可嘆也。」（《珂雪齋集‧珂雪齋遊居柿錄》卷之一，第 5 則）
「入公安城中，城日濱江，故三戶蕭然。往時石浦河垂楊柳流水，第宅喧闐，今皆寂然矣。」（《珂雪齋集‧珂雪齋遊居柿錄》卷之四，第 68 則）

[88] 如：老叟預告當為宰相之陳堯佐，宜避大風暴，後果獨免溺斃。（卷之三‧第 16 則）
孝感夫人萬里尋父，父溺水而亡，其亦赴水死，後扶父屍同浮水上，鄉人遂祠之。（卷之六‧第 48 則）
百年前一牧童，見一冢上荊棘叢生，有白鸚鵡飛繞其間，逐之，輒入土不見，屢試不爽。後冢主人，鑱冢得一觀音、一散財童子像。（卷之十‧第 24 則）
靳八公齎酒遇仙，吃了仙人剩餘的麵湯，遂隨道者而去。（卷之十二‧第 126 則）
神柱塔乃鬼輸巨木為柱，方能築成。（卷之十三‧第 81 則）

[89] 如：羅汝芳不動干戈而安定滇中夷亂。（卷之三‧第 17 則）
鄭昆岩與羅汝芳同參笑岩之事。（卷之三‧第 49 則）
張安道見《楞伽經》而汗下，知己前生為知藏僧，寫經未終而化。（卷之三‧第 99 則）
錢謙益告知三異人種種。（卷之四‧第 7 則）
騫理菴智殺劇盜華札。（卷之十二‧第 59 則）
沈石田六月不衝熱出道。（卷之十二‧第 60 則）

【附錄一】袁小修簡譜

明	年代	年齡	行藏
穆宗	隆慶四年 庚午（1570）	1	五月初七[1]生於湖廣公安（今湖北省、公安縣）長安村[2]。 父袁士瑜，母龔孺人。
	隆慶五年 辛未（1571）	2	在公安。
	隆慶六年 壬申（1572）	3	在公安。
神宗	萬曆元年 癸酉（1573）	4	在公安，入喻家莊蒙學，師承萬瑩。 舅龔仲敏舉於鄉。
	萬曆二年 甲戌（1574）	5	在公安。
	萬曆三年 乙亥（1575）	6	在公安。 母龔孺人歿，兄弟四人皆育於庶祖母詹氏[3]。
	萬曆四年 丙子（1576）	7	入杜家莊讀書，塾師王以明，同學有堂叔蘭澤、雲澤、表兄王尚甫。

---

[1] 《珂雪齋集‧珂雪齋遊居柿錄》卷之十三，第48則，頁1407。

[2] 《珂雪齋遊居柿錄》卷之八，第124則：「初，大人與兩兄皆居邑長安村中（今孟溪鎮孟溪村）」，頁1299。

[3] 據《珂雪齋集》卷之九〈壽大姐五十序〉云：「記母氏即世，伯修差長，姊及予等皆幼，時居長安里舍。龔氏舅攜姊入城鞠養，予已四歲餘，入喻家莊蒙學……後伯修偕曹嫂入縣讀書，姊與中郎、予，皆依兄嫂，育於庶祖母詹姑（祖父袁大化之妾）」，頁431；卷之十八〈吏部驗封司郎中中郎先生行狀〉則曰：「弟中道少先生（中郎）二歲，少同塾，長同校，以失母蚤，倍相憐愛。……八歲，龔太儒人即世，先生不數哭，一哭即痛絕」，頁754-755。《袁中郎全集‧袁中郎文鈔》——「誌銘」‧〈余大家祔葬墓石記〉曰：「歲乙亥（1575），余母卒」，頁46；〈詹大家壙銘〉：卻又寫道：「甫六歲，即失母，時中道弟方四歲，皆育於大姑」，頁47。

	萬曆五年 丁丑（1577）	8	在杜家莊讀書。
	萬曆六年 戊寅（1578）	9	隨伯修入縣城讀書。
	萬曆七年 己卯（1579）	10	伯修中舉。
	萬曆八年 庚辰（1580）	11	舅龔仲慶舉進士第。
	萬曆九年 辛巳（1581）	12	在公安。與中郎，堂叔蘭澤、雲澤，李學 元等在荷葉山房淨綠堂讀書。
	萬曆十年 壬午（1582）	13	在公安。
	萬曆十一年 癸未（1583）	14	加入中郎城南文社。
	萬曆十二年 甲申（1584）	15	於縣城讀書。
	萬曆十三年 乙酉（1585）	16	中秀才。
	萬曆十四年 丙戌（1586）	17	於縣城讀書。 伯修高中會元[4]，殿試二甲第一，賜進士出 身，入選翰林院為庶吉士。
	萬曆十五年 丁亥（1587）	18	於縣城讀書。
	萬曆十六年 戊子（1588）	19	赴京，居伯修寓所。 中郎二十一歲，中舉。
	萬曆十七年 己丑（1589）	20	小修隨伯修乞歸，並共遊楚中勝地。居公 安故里時，昆仲三人相與朝夕商證心性之 說與華梵諸典。
	萬曆十八年 庚寅（1590）	21	六月，小修與伯修、中郎，因焦竑引薦， 初次往謁李贄[5]。

---

[4]　《珂雪齋集》卷之十七〈石浦先生傳〉：「丙戌（萬曆十四年，1586），遂舉會試
　　第一，年甫二十七耳」，頁709。

[5]　參見陳玉東：〈李贄與三袁會見考述〉，《綏化學院學報》第 26 卷第 2 期（2006

	萬曆十九年 辛卯（1591）	22	居公安桂花台荷葉山房。 再謁李贄於麻城。
	萬曆二十年 壬辰（1592）	23	三謁李贄於武昌。 中郎進士及第，為三甲第九十二名，隨即告假還鄉。 與二舅龔仲敏、三舅龔仲慶及伯修、中郎結南平社，共推外祖父龔大器為社長，時相唱和切磋詩文6。
	萬曆二十一年 癸巳（1593）	24	是年，邑中水勢甚惡，移家居長安里之杜園7。 長子袁祈年生。 三袁同遊楚中諸勝8，並拜謁李贄9。
	萬曆二十二年 甲午（1594）	25	赴鄉試考舉人，又落選。 隨中郎赴京。
	萬曆二十三年 乙未（1595）	26	三袁結識湯顯祖、王一鳴等人，共談詩文。 四月，應忘年知音中丞梅國楨之邀，至雲中（山西、大同）作客，漫遊塞上。

年4月），頁66-69。其「摘要」云：「李贄與公安三袁的會見，總計有6次。第一次會見當在1590年（庚寅年）武昌，參加者三袁兄弟；第二次會見當在1591年（辛卯年）麻城，參加者宏道和小修；第三次會見在1592年（壬辰年）武昌，只有小修一人；第四次會見當在1593年（癸巳年）麻城，參加者三袁兄弟以及以明、散木；第五次會見在1598年（戊戌年）南京，只有小修一人；第六次會見在1601年（辛丑年）通州，只有小修一人。」

6　《珂雪齋集》卷之十六〈龔春所公傳〉：「公能詩，與諸子諸孫唱和，推為南平社長」，頁698。

7　《珂雪齋集》卷之十二〈杜園記〉：「杜園在長安里中，園周圍可二里許，有竹萬竿，松百株，屋六楹。……萬曆癸巳（萬曆二十一年，1593），邑中水勢甚惡，予乃稍加葺治，移家居焉」，頁527。

8　《珂雪齋遊居柿錄》卷之二，第56則：「過墨山下，山巒亦娟秀。追憶萬曆癸巳（二十一年，1593），先兄伯修、仲兄中郎，與予同至西陵訪友過此。予行間著〈東遊記〉，極言此山之奇」，頁1137。

9　（清）周承弼等修、王慰等纂《公安縣志‧二》卷之六〈人物志‧上〉（台北：台灣學生書局，民國58年景印清同治十三年刊本）：「袁宏道字中郎，號石公。……復同太史與小修遊楚中諸勝，再至龍湖晤李老」，頁645、648。

			八月回京，旋由水道去吳縣探望任縣令之中郎，且遍遊吳越勝景。
萬曆二十四年丙申（1596）	27		年初自吳返公安，順道南遊，會陶望齡、潘士藻等人，二月始抵家。 外祖父龔大器歿。 中郎作〈敘小修詩〉。
萬曆二十五年丁酉（1597）	28		經漢水，應湖廣省試落第，遂由武昌去真州。
萬曆二十六年戊戌（1598）	29		五謁李贄於南京。 護送中郎眷屬進京師，入太學。 隨兩位兄長於北京西郊崇國寺葡萄園結「蒲桃（葡萄）社」[10]，而與潘士藻[11]、劉日升、黃輝、陶望齡、顧天峻、李騰芳、吳用先、蘇唯霖諸人，多所往還[12]。
萬曆二十七年己亥（1599）	30		年初，江盈科抵京，任大理寺正，亦加入了「蒲桃社」[13]。

---

[10]　《珂雪齋集》卷之十七〈石浦先生傳〉：「戊戌（萬曆二十六年・1598），再入燕。先生官京師，仲兄亦改官，至予入太學，乃于城西崇國寺蒲桃林結社論學。往來者為潘尚寶士藻、劉尚寶日升、黃太史輝、陶太史望齡、顧太史天峻、李太史騰芳、吳儀部用先、蘇中舍惟霖諸公」，頁 709。卷之十八〈吏部驗封司郎中中郎先生行狀〉：「戊戌，伯修以字趣先生（宏道）入都，始復就選，得京兆校官。時伯修官春坊，中道亦入太學，復相聚論學，結社城西之崇國寺，名曰蒲桃社」，頁 758。

[11]　《珂雪齋集》卷之十七〈潘去華尚寶傳〉云：「追思伯修居從官時，聚名士大夫，論學于崇國寺之葡桃林下，公其一也。當入社日，輪一人具伊蒲之食。至則聚譚，或遊水邊，或覽貝葉，或數人相聚問近日所見，或靜坐禪榻上，或作詩。至日暮始歸。不逾年，伯修逝，公亦逝。其餘存者，亦多分散」，頁 729。

[12]　（清）周承弼等修、王慰等纂《公安縣志・二》卷之六〈人物志・上〉：「袁宗道字伯修，號石浦。……戊戌（1598）再入燕，先生官京師，中郎亦改官至，小修入太學；乃於城西崇國寺蒲桃林結社論學，往來者為潘尚寶士藻、劉尚寶日升、黃太史輝、陶太史望齡、顧太史天峻、李太史騰芳、吳儀部用先、蘇中舍唯霖諸公」，頁 638-642。

[13]　《珂雪齋集》卷之十七〈江進之傳〉：「予伯兄、仲兄及予，皆居京師，與一時名人于崇國寺葡萄林內，結社論學，公與焉」，頁 727。

			七月，與中郎、蘇潛夫、僧死心等遊盤山、真定。
	萬曆二十八年 庚子（1600）	31	應順天府鄉試落選，八月，偕中郎返家。 十月，伯修懋慮極而卒於東宮講官任上[14]。 十月，兒子袁海逝[15]，祖母余氏歿[16]。 十一月得伯修訃音，十二月初三啓程赴北京，迎護伯修靈櫬歸葬。
	萬曆二十九年 辛丑（1601）	32	六謁李贄於通州。 因伯修身故，中郎、小修歸里，陶望齡以典試出京，「蒲桃社」幾至星散瓦解[17]。

---

[14] 《珂雪齋集》卷之十七〈石浦先生傳〉：「先生素切歸山之志，以東宮講官不獲補，僅得三人。先生曰：『當此危疑之際，而拂衣去，吾不忍也。』是時，東宮未立，中外每有煩言。先生聞之，私泣于室，體經病後，遂不堪勞。自丁酉（萬曆二十五年，1597）充東宮講官，雞鳴而入，寒暑不輟。庚子（萬曆二十八，1600）秋，偶有微恙，強起入直，風色甚厲，歸而病始甚。明日，復力疾入講，竟以憊極而卒」，頁710。

[15] 《珂雪齋集》卷之十七〈袁氏三生傳〉：「予有子曰海，年四歲。生一年餘，即知膜拜趺坐，自後專以念佛為戲。兒生，予已入都門。庚子（萬曆二十八年，1600）下第歸，方見頭顱隆隆起，慧甚，若成人。十月中，……兒病內熱甚急，則自念佛，呼人助之。度苦急則哀籲念佛，見人少停，即以手抓其面促之。凡二三日，以念佛代呻吟。後數日，亦不復痛，惟不能食耳，遂逝」，頁735-736。

[16] 《袁中郎全集・袁中郎文鈔》──「誌銘」・〈余大家祔葬墓石記〉：「嗟夫！大姑生於邑之先主營，為正德之乙亥歲（正德十年，1515）十月廿日，長而歸於袁。嫡姑邱嚴栗，艱難辛楚，備嘗之矣，大姑怡然不色忤也。……戊午（嘉靖三十七年，1558）王父（袁大化）即死，二姑煢然，家益落。大姑起之如王父時，課余父舉子業。……歲乙亥（萬曆三年，1575），余母卒，所以撫余兄弟姊者，如余叔與姑也。……（萬曆二十八年，1600）至仲冬之廿五日病革，遂不起，時亡兄訃亦至」，頁45-46。

[17] （明）沈德符撰《萬曆野獲編》卷二十七「釋道」・「紫柏禍本」條（臺北市：新興書局）：「己亥庚子間，楚中袁玉蟠太史同弟中郎，與皖上吳本如，蜀中黃慎軒，最後則浙中陶石簣以起家繼至，相與聚談禪學，旬月必有會，高明士夫翕然從之。時沈四明柄政，聞而憎之，其憎黃尤切。至辛丑，紫柏師入都，江左名公既久持瓶鉢，一時中禁大璫趨之，如真赴靈山佛會；又游客輩附景希光，不免太б道廣之恨，非復袁陶淨杜景象，以故黃慎軒最心非之。初，四明欲借紫柏以擠黃，既

	萬曆三十年 壬寅（1602）	33	黃輝告歸，送黃輝至西陵；並與黃輝、劉元定同遊三遊洞。 龔仲敏（夾山舅）卒。 三月，李贄於獄中自刎[18]。 十月，庶祖母詹氏歿[19]。
	萬曆三十一年 癸卯（1603）	34	順天府鄉試第三中舉。 十月回公安，後與龔惟用（散木舅）同遊德山（今湖南常德）。 龔仲慶（壽亭舅）卒。
	萬曆三十二年 甲辰（1604）	35	會試不第，從北京回公安，居柳浪湖[20]新宅。 夏，與中郎、寒灰、雪照、冷雲諸衲在荷葉山房、喬木堂銷夏[21]。 八月遊黃山（公安縣南方）。

知其不合，意稍解。而黃亦覺物情漸異，又白簡暗抨之，引疾歸。時玉蟠先亡，中郎亦去，石簣以典試出，其社遂散。未幾，大獄徒（陸）興，諸公竄逐，紫柏竟罹其禍，真定業難逃哉」，頁 690-691。

18　《珂雪齋集》卷之十七〈李溫陵傳〉：「明日，大金吾實訊。侍者掖（李贄）而入，臥於堵上。金吾曰：『若何以妄著書？』公曰：『罪人著書甚多，具在，于聖教有益無損。』大金吾笑其崛強，獄竟無所實詞，大略止回籍耳。久之，旨不下，公於獄舍中作詩讀書自如。一日，呼侍者薙髮。侍者去，遂持刀自割其喉，氣不絕者兩日。侍者問：『和尚痛否？』以指書其手曰：『不痛！』又問：『和尚何自割？』書曰『七十老翁何所求？』遂絕」，頁 722。

19　《袁中郎全集・袁中郎文鈔》──「誌銘」・〈詹大家壙銘〉：「余在抱即多病，母不忍自育，託於詹大姑，恩倍母。甫六歲，即失母，時中道弟方四歲，皆育於大姑，以是余等至成人無失母憂。
……余遂乞病，杜門侍姑，二年乃卒，享年八十一餘一月又七日，時萬曆壬寅（萬曆三十年，1602）十月之廿五日也」，頁 47。

20　《珂雪齋集》卷之十二〈柳浪湖記〉，頁 531。

21　《珂雪齋集》卷之十二〈荷葉山房銷夏記〉：「甲辰（萬曆三十二年，1604）五月從三穴挂帆，抵柞林，息于杜園竹中。明日過荷葉山房，少時兄弟聽雨處也。諸叔皆來聚飲，醉則步稻畦間，聽流泉汩汩，甚快。未幾，中郎攜衲子寒灰、雪照、冷雲至，皆東南名僧，偶集於香光社者。中郎同諸衲聚於荷葉山房，予宿於木堂。……八月，中郎偕諸衲走德山，而予攜一酒人走黃山，始別去」，頁 547。

	萬曆三十三年乙巳（1605）	36	居公安篔簹谷，和曾可前、蘇雲浦、龍襄、龍膺兄弟等人相往來。 是年秋，江盈科卒，年四十九。
	萬曆三十四年丙午（1606）	37	秋，隨中郎赴京。
	萬曆三十五年丁未（1607）	38	應禮部會試落選，至薊遼總督蹇達幕府作客[22]。 四月回北京。居河北中郎署中時，陸續完成了幾篇重要傳記，如〈梅大中丞傳〉、〈李溫陵傳〉、〈江進之傳〉。
	萬曆三十六年戊申（1608）	39	暮春，自漁陽回公安[23]。 十月初一，開始日記體《遊居柿錄》之寫作，記載了出遊與閒居的片斷。 十一月仲冬，與曾可前、王啓茂等好友，共遊石首繡林山[24]。
	萬曆三十七年己酉（1609）	40	正月起，與龍襄、王吉人、郝公琰等遊德山、鼎州、桃源[25]。 三月市舟，取名「汎鳬」，與山人金一甫作東南之遊[26]。 四月，經墨山、赤壁、武昌等地，後抵金陵，謁焦竑[27]。 九月由漕入都。

[22] 《珂雪齋遊居柿錄》卷之一，第 1 則：「予以丁未（萬曆三十五年，1607）下第，館于漁陽蹇大司馬所，至是年三月始歸」，頁 1105。

[23] 《珂雪齋集》卷之十二〈遊荷葉山居記〉：「予出山久矣，戊申（萬曆三十六年，1608）暮春自漁陽歸」，頁 548。

[24] 《珂雪齋集》卷之十四有〈遊石首繡林山記〉，頁 597-598；〈石首城內山園記〉，頁 599-600 等篇作品，記錄了此段光陰。

[25] 《珂雪齋集》卷之十三有〈遊德山記〉，頁 557-559、〈遊桃源記〉，頁 559-563。

[26] 有〈東遊記〉三十一篇，《珂雪齋集》卷之十三，頁 563-595。《珂雪齋遊居柿錄》卷之二，第 51 則：「三月十七日，始復作東南之遊，偕者為金山人一甫。……乃取夏道甫所書『汎鳬』二字扁於舟中，定舟名曰『汎鳬』」，頁 1136。

[27] 《珂雪齋遊居柿錄》卷之三，第 31 則：「往北門橋，謁焦弱侯（竑）先生，訊及二郎（焦茂直）死事，予不覺淚下漣如」，頁 1149。

| | 萬曆三十八年
庚戌（1610） | 41 | 會試不第。
二月隨中郎南歸[28]，順道暢遊百泉及襄中諸勝。
閏三月抵公安[29]。
作〈南歸日記〉[30]，刻〈心律〉[31]。
八月，中郎火疾，為兄料理藥餌；九月初六，中郎病逝沙市[32]。
冬，往當陽玉泉寺養病；歲末同禪友無跡、寶方等往遊青溪。 |
| | 萬曆三十九年
辛亥（1611） | 42 | 春，仍居玉泉寺[33]。築堆藍亭，遊龍泉寺、九子、鳴鳳諸山[34]。
暮春，漢陽王章甫前來弔中郎[35]；後同遊君山[36]、岳陽樓[37]。
八月，移中郎柩入長安村[38]。
九月至除夕，居家侍父病[39]。
雷思霈卒[40]。 |

28 《珂雪齋集》卷之十四〈南歸日記〉：「庚戌（萬曆三十八年，1610）春，試事既畢，形神俱憊。念汎汎一鳧，何所不適，而自苦如此？會中郎予告還楚，予遂附之而南，時二月廿四之庚午日也」，頁601。

29 《珂雪齋遊居柿錄》卷之四，第67則：「閏三月十五日，還公安，居篔簹谷」，頁1195。

30 《珂雪齋集》卷之十四，頁601-623。

31 《珂雪齋集》卷之二十二，頁952-967。

32 《珂雪齋遊居柿錄》卷之五（萬曆三十八年後半）·第27到第39則，小修一反前例，逐條註明日期，記錄中郎發病至身亡的詳情，頁1209-1210。

33 《珂雪齋集》卷之十五有〈遊玉泉記〉等文，頁631-639。

34 《珂雪齋集》卷之十五有〈遊鳴鳳山記〉等遊記，頁646-648。

35 《珂雪齋遊居柿錄》卷之六，第37則，頁1233。

36 《珂雪齋集》卷之十五有〈遊君山記〉，頁650-651。

37 《珂雪齋集》卷之十五有〈遊岳陽樓記〉，頁651-652。

38 《珂雪齋遊居柿錄》卷之六，第105則，頁1242。

39 《珂雪齋遊居柿錄》卷之六，第119則至133則，頁1245-1247。

40 《珂雪齋遊居柿錄》卷之六，第114則，頁1244。

	萬曆四十年 壬子（1612）	43	三月初八父袁士瑜病逝[41]。 往玉泉養病、守制。 十二月初二，與彭年侄將中郎及李安人之柩入壙[42]。 長孫袁貽謀（祁年長男）出生，享含飴弄孫之樂[43]。
	萬曆四十一年 癸丑（1613）	44	至津市看造舟。與崔晦之、楊文弱等人同遊澧州，德山、桃源[44]；與徐茂才、王章甫遊太和[45]。 中秋病瘧，發且吐，吐急出血，熱不可支[46]。
	萬曆四十二年 甲寅（1614）	45	初夏，血疾復作[47]。 七月，龔仲安（靜亭舅）下世[48]。 九月，以中郎未刻諸書交付袁無涯，並囑其訂正書坊中所見贋書，如《狂言》等[49]。 十月初，病漸痊[50]。 始刻《珂雪齋近集》[51]。
	萬曆四十三年 乙卯（1615）	46	往來於當陽玉泉、沙市、公安間。 閏八月，束裝赴京應考[52]。
	萬曆四十四年 丙辰（1616）	47	二月廿七日放榜，進士及第[53]。 留京候選，八月十四日赴同年鍾惺宴席[54]。

[41] 《珂雪齋遊居柿錄》卷之七，第 28 則：「自三月初八日為始，先大人偶棄諸孤，直至月終料理受弔徑懺諸事，昏昏忽忽，舊病復作，不暇書」，頁 1252。

[42] 《珂雪齋遊居柿錄》卷之七，第 160 則，頁 1271。

[43] 《珂雪齋遊居柿錄》卷之七，第 168 則，頁 1272。

[44] 《珂雪齋集》卷之十六〈再遊花源記〉，頁 668-671。

[45] 《珂雪齋集》卷之十六〈遊太和記〉，頁 673-678；〈太和後記〉，頁 678-680。

[46] 《珂雪齋遊居柿錄》卷之八，第 103 則至 105 則，頁 1295。

[47] 《珂雪齋遊居柿錄》卷之九，第 42 則，頁 1310。

[48] 《珂雪齋遊居柿錄》卷之九，第 64 則，頁 1313。

[49] 《珂雪齋遊居柿錄》卷之九，第 78 則，頁 1317。

[50] 《珂雪齋遊居柿錄》卷之九，第 84 則，頁 1320。

[51] 《珂雪齋遊居柿錄》卷之九，第 87 則，頁 1321。

[52] 《珂雪齋遊居柿錄》卷之十，第 117 則，頁 1348。

[53] 《珂雪齋遊居柿錄》卷之十一，第 16 則，頁 1359。

			九月二十六，自都門出發返鄉[55]。 十一月初九至公安城外，親友迎者皆至[56]， 十三日歸公安[57]。
	萬曆四十五年 丁巳（1617）	48	四月六日入京候選[58]。 改教。 十月十日赴徽州新安教（從九品）[59]。 離京南下，經北運河，遊北方名勝，後於 采石度歲[60]。
	萬曆四十六年 戊午（1618）	49	二月二十九日，赴徽州府教授職[61]。 六月二十三日，送諸生至勾容考校[62]。 二十四卷《珂雪齋近集》刻成，頗為精美[63]。 十月初一往遊黃山[64]，作〈遊黃山記〉[65]。 十月十八日，往武闈；十九、二十日閱卷； 二十三日作〈鄉試錄〉前後序文[66]。 十一月受休寧印[67]。 十二月二十八日封印[68]，撰成《遊居柿錄》 十三卷。
	萬曆四十七年 己未（1619）	50	任南京國子監博士（從八品）。

[54] 《珂雪齋遊居柿錄》卷之十一，第 72 則，頁 1369。
[55] 《珂雪齋遊居柿錄》卷之十一，第 82 則，頁 1371。
[56] 《珂雪齋遊居柿錄》卷之十一，第 125 則，頁 1376。
[57] 《珂雪齋遊居柿錄》卷之十一，第 126 則，頁 1376。
[58] 《珂雪齋遊居柿錄》卷之十二，第 50 則，頁 1385。
[59] 《珂雪齋遊居柿錄》卷之十二，第 114 則，頁 1396。
[60] 《珂雪齋集》卷之十六〈采石度歲記〉，頁 692-693。
[61] 《珂雪齋遊居柿錄》卷之十三，第 18 則，頁 1402。
[62] 《珂雪齋遊居柿錄》卷之十三，第 53 則，頁 1408。
[63] 《珂雪齋遊居柿錄》卷之十三，第 88 則，頁 1413。
[64] 《珂雪齋遊居柿錄》卷之十三，第 91 則，頁 1414。
[65] 《珂雪齋集》卷之十六，頁 693-695。
[66] 《珂雪齋遊居柿錄》卷之十三，第 97 則至 102 則，頁 1414。
[67] 《珂雪齋遊居柿錄》卷之十三，第 107 則，頁 1415。
[68] 《珂雪齋遊居柿錄》卷之十三，第 110 則，頁 1415。

神宗光宗	萬曆四十八（泰昌元年）庚申（1620）	51	任南京禮部主事。
熹宗	天啓元年辛酉（1621）	52	升任南京禮部儀制清吏司主事（正六品）。
	天啓二年壬戌（1622）	53	續任南京禮部儀制清吏司主事。《珂雪齋集選》由汪從教等刊行[69]。
	天啓三年癸亥（1623）	54	轉任南京吏部文選清吏司郎中（正五品）。
	天啓四年甲子（1624）	55	續任南京吏部文選司郎中。祁年與姪彭年（中郎之子）中鄉試舉人。
	天啓五年乙丑（1625）	56	辭南京吏部郎中，寓居南京。鍾惺卒。
	天啓六年丙寅（1626）[70]	57	八月三十日病逝南京芝麻營。次年春長子祁年運靈柩回公安，清明安葬於故里荷葉山，與伯修同冢。

資料參照：

1、周群：《袁宏道評傳》‧附錄〈公安三袁年表〉

　　（南京：南京大學出版社，1999 年 12 月，頁 417-425）

2、邱美珍：《袁中道研究》‧附錄〈袁中道年譜簡表〉

　　（台中：逢甲大學中文研究所碩士論文，民國 80 年，頁 240-255）

---

[69] 《珂雪齋集》——「前言」‧〈珂雪齋集選序〉，頁 23。

[70] 對於袁中道過世時間，說法不一。如周群先生依錢謙益的記載，斷定為「1624年，即天啓四年」（見《袁宏道評傳（附袁宗道、袁中道評傳）》第 264 頁，南京：南京大學出版社，1999 年）。錢伯城點校《珂雪齋集》，於〈前言〉十一頁‧「四」中，主張小修「卒于天啓三年（一六二三），終年五十四歲」（見《珂雪齋集》上冊，上海：上海古籍出版社，1989 年）。而康昌泰先生據清朝咸豐版《袁氏族譜》，考證袁中道之生卒年，認定是明穆宗隆慶四年生，卒於熹宗天啓六年（1570-1626）（湖北公安派文學研究會編：《晚明文學革新派公安三袁研究》‧〈關於袁中道生卒年小考〉，湖北：華中師範大學出版社，1987 年，頁 299）。

3、劉賢：《論勢與變——袁中道文學史觀之建構》‧附錄〈袁中道年譜
　　簡表〉
　　（台中：東海大學中文研究所碩士論文，民國 92 年，頁 190-206）
4、孟祥榮：〈公安三袁家世研究〉
　　（《湖北職業技術學院學報》第 6 卷第 4 期，2003 年 12 月，頁 36-40）

【附錄二】海峽兩岸針對袁小修研究
之相關文獻

一 期刊論文

沈啟無:〈珂雪齋外集遊居柿錄〉,《人間世》第 31 期(民國 24 年),
　　頁 18-23。

丁亞傑:〈袁中道的情欲世界〉,《元培學報》第 5 期(民國 87 年 12 月),
　　頁 123-134。

孫淑芳:〈獨一無二的異人形象——袁中道「李溫陵傳」析論〉,《長榮學
　　報》第 5 卷第 1 期(民國 90 年 6 月),頁 75-97。

龔玟瑾:〈袁中道《導莊》的逍遙義〉,《屏東教育大學學報》第 25 期(民
　　國 95 年 9 月),頁 359-379。

鄭培凱:〈晚明袁中道的婦女觀〉,《近代中國婦女史研究》第 1 期(1993
　　年 6 月),頁 201-216。

張璞:〈袁中道別號考〉,《廣西師範大學學報》(研究生專輯)1997 年
　　增刊,頁 170-171。

周群:〈儒釋兼綜與小修詩論〉,《南京社會科學》1998 年第 8 期(總第
　　114 期),頁 71-75。

李斌:〈但抒性靈　不廢格套——袁中道詩文理論綜述〉,《湛江師範學院
　　學報》(哲學社會科學版)第 20 卷第 3 期(1999 年 9 月),頁 96-100。

郭順玉:〈寫武當山水、抒二袁性靈——論袁宏道、袁中道的武當之遊〉《鄖
　　陽師範高等專科學校學報》第 4 期(1999 年),頁 7-15。

張德建：〈燕雀相逢堪自得　懶隨黃鵠薄天飛──袁中道生活方式的個案研究〉，《江漢論壇》第 5 期（2001 年 5 月），頁 82-85。

馬宇輝：〈袁小修與「公安派」之思想變化〉，《南開學報》（哲學社會科學版）2002 年第 4 期，頁 116-124。

孟祥榮，〈袁中道：公安派最後的「掌門人」──兼論其生命態度和價值立場〉，長江大學學報（社會科學版）第 27 卷第 1 期（2004 年 2 月），頁 26-32。

謝憶梅：〈袁中道──性靈中的疏狂、隱逸〉，《廣東外語外貿大學學報》第 15 卷第 2 期（2004 年 4 月），頁 16-19。

易聞曉，袁中道：性命憂懼與生死決心──公安派心態研究之三，華僑大學學報（哲學社會科學版），2005 年第 1 期，頁 91-95。

劉尊舉：〈袁中道晚年審美旨趣與文學態度轉變及成因探微〉，首都師範大學學報（社會科學版）2005 年第 6 期，頁 87-93。

查清華：〈袁中道和竟陵派：性靈論與格調論唐詩觀的調和〉，湖北師範學院學報（哲學社會科學版）第 26 卷第 5 期（2006 年），頁 36-38。

鄧新躍、易琳：〈袁中道詩學思想及其時代特徵〉，《現代語文》（文學研究版）（2006 年 8 月），頁 14-16。

葛文玲：〈袁中道論修史〉，《社會科學論壇》2007 年‧1（下），頁 147-149。

沈金浩：〈論袁中道〉，《中國文學研究》，1992 年後第 4 期（總第 27 期），頁 55-60

二　學位論文

邱美珍：《袁中道研究》（台中：逢甲大學中文研究所碩士論文，民國 80 年）。

劉殊賢：《論勢與變──袁中道文學史觀之建構》（台中：東海大學中文研究所碩士論文，民國 92 年）。

黃雅雯：《袁中道溪遊生活研究——以《遊居柿錄》為例》（台北：淡江大
　　學中文研究所碩士論文，民國 92 年）。

劉尊舉：《袁中道晚年文學思想轉變及成因探微》（首都師範大學碩士論
　　文，2003 年）。
孫虎：《論袁中道的散文創作》（山東師範大學碩士論文，2004 年）。
羅娟娟：《袁中道文學研究》（華中師範大學碩士論文，2007 年）。

國家圖書館出版品預行編目

袁小修小品文論集／李李著. -- 一版.

-- 臺北市：秀威資訊科技, 2008.03

面；　公分. --(語言文學類；AG0085)

ISBN　978-986-6732-97-3(平裝)

1.(明)袁中道　2.散文　3.文學評論

846　　　　　　　　　　　　　　97005489

語言文學類　　AG0085

袁小修小品文論集

作　　者 / 李李
發 行 人 / 宋政坤
執行編輯 / 林世玲
圖文排版 / 陳湘陵
封面設計 / 莊芯媚
數位轉譯 / 徐真玉　　沈裕閔
圖書銷售 / 林怡君
法律顧問 / 毛國樑　律師
出版印製 / 秀威資訊科技股份有限公司
　　　　　　台北市內湖區瑞光路 583 巷 25 號 1 樓
　　　　　　電話：02-2657-9211　　　　傳真：02-2657-9106
　　　　　　E-mail：service@showwe.com.tw
經 銷 商 / 紅螞蟻圖書有限公司
　　　　　　台北市內湖區舊宗路二段 121 巷 28、32 號 4 樓
　　　　　　電話：02-2795-3656　　　　傳真：02-2795-4100
　　　　　　http://www.e-redant.com

2008 年 3 月 BOD 一版
2008 年 10 月 BOD 三版
定價：210 元

讀 者 回 函 卡

感謝您購買本書，為提升服務品質，煩請填寫以下問卷，收到您的寶貴意見後，我們會仔細收藏記錄並回贈紀念品，謝謝！

1. 您購買的書名：＿＿＿＿＿＿＿＿＿＿＿＿＿＿＿＿＿＿＿＿

2. 您從何得知本書的消息？

　　□網路書店　□部落格　□資料庫搜尋　□書訊　□電子報　□書店

　　□平面媒體　□ 朋友推薦　□網站推薦 □其他＿＿＿＿＿＿

3. 您對本書的評價：(請填代號　1.非常滿意 2.滿意 3.尚可 4.再改進)

　　封面設計＿＿　版面編排＿＿　內容＿＿　文/譯筆＿＿　價格＿＿

4. 讀完書後您覺得：

　　□很有收獲　□有收獲　□收獲不多　□沒收獲

5. 您會推薦本書給朋友嗎？

　　□會　□不會，為什麼？＿＿＿＿＿＿＿＿＿＿＿＿＿＿＿＿＿＿

6. 其他寶貴的意見：＿＿＿＿＿＿＿＿＿＿＿＿＿＿＿＿＿＿＿＿

　　＿＿＿＿＿＿＿＿＿＿＿＿＿＿＿＿＿＿＿＿＿＿＿＿＿＿＿＿

　　＿＿＿＿＿＿＿＿＿＿＿＿＿＿＿＿＿＿＿＿＿＿＿＿＿＿＿＿

　　＿＿＿＿＿＿＿＿＿＿＿＿＿＿＿＿＿＿＿＿＿＿＿＿＿＿＿＿

讀者基本資料

姓名：＿＿＿＿＿＿＿＿＿＿　年齡：＿＿＿＿　性別：□女 □男

聯絡電話：＿＿＿＿＿＿＿＿＿　E-mail：＿＿＿＿＿＿＿＿＿＿＿

地址：＿＿＿＿＿＿＿＿＿＿＿＿＿＿＿＿＿＿＿＿＿＿＿＿＿＿

學歷：□高中(含)以下　　□高中　　□專科學校　　□大學

　　　□研究所(含)以上 □其他＿＿＿＿＿＿＿＿＿

職業：□製造業 □金融業 □資訊業 □軍警 □傳播業 □自由業

　　　□服務業 □公務員 □教職　□學生 □其他＿＿＿＿＿

To：114

　台北市內湖區瑞光路 583 巷 25 號 1 樓

　秀威資訊科技股份有限公司　　　收

寄件人姓名：

寄件人地址：□□□

秀威與 BOD

BOD（Books On Demand）是數位出版的大趨勢，秀威資訊率先運用 POD 數位印刷設備來生產書籍，並提供作者全程數位出版服務，致使書籍產銷零庫存，知識傳承不絕版，目前已開闢以下書系：

一、BOD 學術著作—專業論述的閱讀延伸
二、BOD 個人著作—分享生命的心路歷程
三、BOD 旅遊著作—個人深度旅遊文學創作
四、BOD 大陸學者—大陸專業學者學術出版
五、POD 獨家經銷—數位產製的代發行書籍

BOD 秀威網路書店：www.showwe.com.tw
政府出版品網路書店：www.govbooks.com.tw

　　永不絕版的故事・自己寫・永不休止的音符・自己唱